AS NOVE VIDAS DE CHLOE KING

LIZ BRASWELL

AS NOVE VIDAS DE CHLOE KING
BANIDOS

Tradução de
Mariana Kohnert

GALERA RECORD
RIO DE JANEIRO • SÃO PAULO
2012

CIP-BRASIL. CATALOGAÇÃO NA FONTE
SINDICATO NACIONAL DOS EDITORES DE LIVROS, RJ

Braswell, Liz
B832n   As nove vidas de Chloe King: Banidos / Liz Braswell;
tradução de: Mariana Kohnert. – Rio de Janeiro: Galera
Record, 2012.
(As nove vidas de Chloe King; 1)

ISBN 978-85-01-09788-0

1. Ficção juvenil I. Kohnert, Mariana. II. Título.
III. Série.

12-2622.   CDD: 028.5
                                      CDU: 087.5

Título original em inglês:
The Nine Lives of Chloe King: The Fallen

Copyright © 2004 by 17th Street Productions, an Alloy company

Publicado mediante acordo com Rights People, London.

Todos os direitos reservados.
Proibida a reprodução, no todo ou
em parte, através de quaisquer meios.
Os direitos morais do autor foram assegurados.

Composição de miolo: Abreu's System
Design de capa: Estúdio Insólito

Texto revisado pelo novo Acordo Ortográfico da Língua Portuguesa.

Direitos exclusivos de publicação em língua portuguesa somente para o Brasil
adquiridos pela
EDITORA RECORD LTDA.
Rua Argentina, 171 – Rio de Janeiro, RJ – 20921-380 – Tel.: 2585-2000,
que se reserva a propriedade literária desta tradução.

Impresso no Brasil

ISBN 978-85-01-09788-0

Seja um leitor preferencial Record.
Cadastre-se e receba informações sobre nossos
lançamentos e nossas promoções.

Atendimento e venda direta ao leitor:
mdireto@record.com.br ou (21) 2585-2002.

Para John Ordover e Dave Mack, bons amigos e *sine qua nons* da minha carreira e do meu casamento

Prólogo

Ele nunca se cansou ou perdeu o rastro dela.

Não desde que ela o avistou pela primeira vez uma hora antes no bar, quando a manga da camisa dele havia subido e revelado a ornamentada marca negra. Capitulares e arabescos feitos tinta e cicatrizes soletravam as familiares palavras: *Sodalitas Gladii Decimi*.

Então ela correu.

Tomou fôlego e olhou adiante, pulando sobre pilhas de lixo e poças com a precisão de um acrobata, impelida pelo terror. Em qual rua aquele beco daria? Havia algum local público próximo, mesmo que um posto de gasolina 24 horas, onde ela pudesse ficar segura?

Finalmente, o cheiro do ar fresco e úmido avisou-a de que havia uma saída à frente: um portão com arame farpado no topo bloqueava a outra ponta do beco.

Ela se preparou para pular, o triunfo e a liberdade entoando nos ouvidos.

Então algo queimou sua perna esquerda, rasgando o músculo.

Com a perna inutilizada balançando abaixo, ela se agarrou ao portão. Tentou subir, mão ante mão, mas um zumbido quase inaudível anunciou o segundo ataque. Após um instante, ela caiu.

— Encurralada, ao que parece — falou uma voz irritantemente calma.

Ela tentou desesperadamente se arrastar pelo chão, para longe dele, mas não havia mais para onde ir.

— Por favor... não... — choramingou, escorando-se na parede para se levantar. — Não sou o que você pensa. Não sou *má*...

— Tenho certeza de que você não acredita que é.

Ela ouviu o som de uma lâmina, afiada e pequena como uma adaga, sendo retirada da bainha.

— Eu nunca machuquei... Eu nunca machucaria *ninguém*! Por favor!

Ele cortou a garganta dela.

— *Id tibi facio, Deus* — sussurrou ele, colocando a lateral da mão esquerda sobre o coração, com o dedão apontado para cima no meio do peito. Um suspiro delicado escapou da garota que morria; um filete de sangue escorrendo pelo pescoço dela. Marcas ínfimas de um assassino experiente. Ele fez uma reverência com a cabeça. — Por lealdade à Ordem da Décima Lâmina. *Pater noster, rex gentius.*

Ajeitou a cabeça da menina para que parecesse mais confortável e fechou os olhos dela. Então limpou a minúscula lâmina em um lenço, agachou-se e esperou.

Quando ela acordasse, ele a mataria outra vez.

Um

Assim que abriu os olhos naquela manhã, Chloe decidiu que iria para Coit Tower em vez de ir para a escola Parker S. Shannon High, que era seu destino habitual nas manhãs de terça-feira.

Em menos de 24 horas ela faria 16 anos, e não havia uma comemoração de verdade à vista: Paul passava as quartas-feiras na casa do pai em Oakland e, para piorar, a mãe de Chloe tinha dito algo sobre "talvez irem a um bom restaurante". O que era um "bom" restaurante, afinal? Um lugar no qual serviam baiacu e *foie gras*? Onde a carta de vinhos era mais grossa do que o livro Civilização Americana dela? Não, obrigada.

Se a mãe descobrisse sobre a expedição Coit Tower, Chloe ficaria de castigo, eliminando completamente qualquer possibilidade de jantar fora. Então Chloe teria o *direito* de se sentir triste no aniversário de 16 anos, em casa, sozinha e de castigo. A ideia era estranhamente sedutora.

Ela ligou para Amy.

— Oi, quer ir para a torre hoje em vez de ir para a aula de física?

— Com certeza. — Não houve hesitação ou pausa... Nem sonolência, na verdade. Apesar de toda a atitude rebelde pós-punk, a melhor amiga de Chloe era uma pessoa matinal. Como ela conseguia aturar as sessões de poesia às 2 horas da manhã? — Encontro você lá às 10 horas. Levarei *bagels* se você levar o crack.

Por "crack" Amy se referia ao café especial de 600 ml da Café Eland, que era fervido em água cafeinada.

— Combinado.

— Quer que eu chame o Paul?

Aquilo era estranho. Amy nunca se oferecia para fazer nada, muito menos para ajudar a planejar encontros do grupo.

— Não, pode deixar que vou fazer com que ele se sinta culpado até topar.

— Você que sabe. Até mais.

Chloe se arrastou para fora da cama, enrolada no edredom. Como quase tudo no quarto, fora comprado na Ikea. O gosto da mãe dela variava entre laranja, turquesa, estatuetas abstratas do deus da fertilidade Kokopelli e blocos de arenito — nada que combinasse com uma porcaria de casa de classe média em estilo rural em São Francisco. E como a Pateena's Roupas Vintage pagava impressionantes 5,50 dólares por hora, o orçamento que Chole tinha para decoração era limitado. Blocos coloridos da Escandinávia e móveis com nomes impronunciáveis teriam de servir por enquanto. *Qualquer coisa* era melhor do que a New Southwest.

Ela parou em frente ao armário vestindo um short samba-canção e uma camiseta de alcinhas. Ainda que não tivesse menstruado, Chloe estava finalmente desenvolvendo uma cintura, como se a barriga estivesse sendo espremida e distribuída entre os seios e o bumbum. Gostosa ou não, não fazia diferença: a mãe a deixaria de castigo se ela sequer *mencionasse* um garoto que não fosse Paul.

Chloe se atirou em frente ao computador dando um enorme bocejo e balançou o mouse. A menos que Paul estivesse dormindo ou morto, ele era facilmente encontrado no computador, a qualquer momento. Bingo! — o nome dele surgiu em negrito na sua lista de amigos.

Chloe: Amy e eu vamos a Coit Tower hoje. Quer ir?
Paul: [pausa longa]
Chloe: ?
Paul: Não vai fazer eu me sentir culpado por não passar seu aniversário com você, vai?
Chloe: :)
Paul: *resmungo* OK, direi a Wiggins que tenho uma excursão com a Sociedade da Honra Nacional ou algo assim.
Chloe: TE AMO, PAUL!!!!
Paul: Tá bom, tá bom. T+.

Chloe sorriu. Talvez o aniversário não seria uma droga, no fim das contas.

Ela olhou pela janela — é, névoa. Em uma cidade nebulosa como São Francisco, Inner Sunset conseguia ser a pior parte. Amy adorava, pois tornava tudo assustador e misterioso, além de a lembrar da Inglaterra (embora Amy jamais tivesse estado lá). Mas Chloe ficava deprimida com as manhãs, tardes e noites úmidas e tristes, e gostava de fugir para lugares mais altos e mais ensolarados — como Coit Tower — sempre que podia.

Ela optou por prezar pela segurança e se vestiu como se fosse para a escola: calça jeans, camiseta e uma jaqueta jeans da Pateena's que era autenticamente dos anos 1980. Tinha até o verso de uma música do Styx escrito cuidadosamente com caneta em uma das mangas. Chloe tirou todos os livros da bolsa estilo carteiro e os escondeu debaixo da cama. Então desceu as escadas correndo, tentando simular a rotina normal da Chloe cansada-rabugenta-das-manhãs.

— Você desceu cedo — disse a mãe, desconfiada.

Sem vontade de começar uma briga naquela manhã, Chloe engoliu o suspiro. *Tudo* o que fazia fora do comum desde que tinha 12 anos era visto com suspeita. Na primeira vez que cortou o cabelo curto — e pagou com o *próprio* dinheiro, muito obrigada — a mãe exigiu saber se Chloe era lésbica.

— Vou me encontrar com a Amy no café antes da aula — respondeu Chloe o mais educadamente possível, pegando uma laranja na geladeira.

— Não quero parecer antiquada, mas...

— Café vai prejudicar meu crescimento?

— É a entrada para as drogas. — A Sra. King levou as mãos aos quadris. Vestindo calça capri preta da Donna Karan e uma blusa com decote em U de seda e lã, além de cabelo curtinho picotado, a mãe de Chloe não parecia nem um pouco com a mãe de alguém. Parecia alguém recém-saído de um comercial de Chardonnay.

— Você *só pode* estar brincando — disse Chloe, sem conseguir se segurar.

— Saiu em um artigo da *Week*. — Os olhos acinzentados da mãe de Chloe se estreitaram e ela apertou os lábios perfeitamente delineados. — Café leva a cigarros, que levam a cocaína, que leva a cristais de metanfetamina.

— *Cristal*, mãe. É só cristal. — Chloe beijou a bochecha da mãe ao passar por ela a caminho da porta.

— Estou conversando com você sobre não fumar, exatamente como diz a propaganda!

— Mensagem passada! — gritou Chloe de volta, acenando sem se virar.

Ela desceu a Irving Street, então continuou na direção norte, para o lado sul do Golden Gate Park, e parou no Café Eland para comprar os dois cafés prometidos. Paul recusou, então ela comprou para ele uma Coca Diet. Amy já estava no ponto de ônibus, tentando equilibrar um saco de *bagels*, a mochila camuflada e um celular.

— Você sabe que punks de verdade não... — Chloe levou uma das mãos à orelha e a balançou, imitando um celular.

— Não enche. — Amy colocou a mochila no chão e jogou o celular dentro, fingindo não se importar com ele. Vestia uma saia curta plissada, como um kilt, uma blusa preta com gola rulê, meias arrastão e óculos de gatinho; o efeito geral era algo entre uma bibliotecária rebelde e uma punk nerd.

As duas ficaram confortavelmente em silêncio no ônibus, apenas tomando café e sentindo-se felizes por terem conseguido um assento. Amy podia ser uma pessoa matinal, mas Chloe precisava de pelo menos mais uma hora antes de conseguir ser realmente sociável. A melhor amiga havia aprendido isso há anos, e, educadamente, respeitava.

Não havia muito o que ver pela janela do ônibus; apenas mais uma manhã preta, branca e cinza em São Francisco, repleta de pessoas com expressões ranzinzas a caminho do trabalho e mendigos procurando seus cantos nas esquinas. O reflexo de Chloe na janela empoeirada era quase monocromático, exceto pelos olhos claros cor de mel. Eles emitiam um brilho quase alaranjado quando o ônibus chegou a Kearny Street e o sol apareceu.

Chloe se sentiu mais animada: aquela era a São Francisco dos cartões-postais e dos sonhos, uma cidade de praia e céu e sol. Era realmente gloriosa.

Paul já estava lá, sentado nos degraus da torre e lendo uma revista em quadrinhos.

— Feliz pré-aniversário, Chlo — disse ele, levantando-se e dando um beijo gentil na bochecha dela, um ato surpreendentemente maduro e sentimental. Então estendeu uma sacola marrom.

Chloe sorriu, curiosa, e a abriu: uma garrafa de plástico de vodca Popov estava aninhada no fundo.

— Ei, se vamos matar aula, por que não ir mais longe? — Ele sorriu, o que fez com que seus olhos se apertassem até ficarem semicerrados, fechados pelos cílios como se fossem um zíper. O cabelo curto, negro e cheio de gel apresentava um leve entalhe no lugar onde os fones de ouvido haviam sido apoiados.

— Obrigada, Paul. — Chloe apontou para cima. — Vamos?

— E se você tivesse que escolher apenas uma dessas paisagens para olhar pelo resto da vida — falou Chloe. — Qual seria?

Amy e Paul desviaram o olhar um do outro, quase intrigados. Os três estavam sentados ali havia uma hora, sem fazer grande coisa de fato, e os dois melhores amigos de Chloe ocasionalmente trocavam olhares e risinhos. Aquilo já havia perdido a graça.

Metade das janelas da Coit Tower mostrava um cenário espetacular de São Francisco banhada em sol; as nove restantes estavam voltadas para um abismo disforme cinza-esbranquiçado.

— Eu esperaria o sol ir embora completamente antes de escolher — falou Amy, pragmática como sempre. Ela remexeu o copo de café para enfatizar a fala, misturando o líquido. Chloe suspirou; devia ter previsto aquela resposta.

Paul foi de janela em janela, determinado.

— Bem, a ponte é linda, com toda a neblina, as nuvens e no nascer e no pôr do sol...

— Chaato — interrompeu Amy.

— O prédio Transamerica Pyramid é muito pontudo e esquisito...

— E *fálico*.

— Acho que escolheria o porto — decidiu Paul. Olhando por cima do ombro dele, Chloe viu pequenos veleiros coloridos chegando e partindo com o vento, ilhas e sonhadoras a distância, envoltas pela bruma. Ela sorriu. Era uma escolha *muito* típica do Paul.

— Definitivamente eu *não* escolheria o bairro Russian Hill — acrescentou Amy, tentando retomar o controle da conversa. — Lugar abafado horroroso, com destaque no *bafo*.

— Decidiu bem a tempo, Paul...

Conforme observavam, nuvens surgiam por cima das montanhas e substituíam a paisagem de cada uma das nove janelas, encobrindo totalmente a vista com uma brancura completa. O que deveria ter sido um lindo dia de céu azul e nuvens brancas fofinhas, visto que eles tinham saído de Inner Sunset, rapidamente se transformou no mesmo clima idiota de sempre.

Aquilo não era exatamente o que Chloe esperava para o dia-de-matar-aula-do-aniversário-de-16-anos.

Na verdade, Chloe sempre esperava mais da vida do que ela estava disposta a dar: neste caso, uma experiência esses-são-os-melhores-dias-da-nossa-vida ensolarada ao estilo *Conta comigo/Curtindo a vida adoidado*.

— Então, cara — falou Amy, mudando de assunto. — Qual é a história entre você e Conrad Ilychovich?

Chloe suspirou e se apoiou na parede, tomando o último gole de café. Assim como o de Amy, estava batizado com o presente de aniversário de Paul. Ele já havia acabado com toda a Coca Diet e bebia diretamente da garrafa de plástico incrivelmente brega da vodca. Chloe olhou de forma sonhadora para as abóbadas pretas e vermelhas no rótulo.

— Ele é... tão... *gato*.

— E *tanta* areia para o seu caminhão — observou Amy.

— Alyec é um jovem russo de olhar determinado e expressão séria — disse Paul, fazendo um sotaque estilo guerra fria. — Possivelmente contratado para ser modelo. Fontes alegam que agente Keira Hendelson está se aproximando do... *disfarce* dele.

— Ela que se ferre. — Chloe jogou o copo vazio na parede, imaginando que atingia a jovem e loira presidente do Conselho Estudantil.

— Vocês *poderiam* ser parentes, sabe — observou Amy. — Isso pode ser um problema. Talvez ele seja primo ou sobrinho ou algo assim dos seus pais biológicos.

— A antiga União Soviética era um lugar grande. Geneticamente, acho que não tem problema. A questão é chegar a efetivamente *sair* com ele.

— Você poderia simplesmente, não sei, ir até ele e, tipo, *falar* com ele, ou algo assim — sugeriu Paul.

— Ele está sempre cercado pela Loira e pela Gangue das Quatro — lembrou Chloe.

— Quem não arrisca não petisca — respondeu Paul.

Ah, tá. Como se *ele* tivesse alguma vez chamado alguém para sair.

Amy virou o último gole de café e arrotou.

— Ai, droga, preciso fazer xixi.

Paul enrubesceu. Sempre ficava nervoso quando Amy ou Chloe mencionavam funções fisiológicas na frente dele, então, normalmente, Chloe evitava falar sobre essas coisas quando ele estava por perto.

Mas naquele dia ela se sentia... bem, diferente. Agitada, impaciente. Sem falar que estava um pouco irritada com ele *e* com Amy. Deveria ser a comemoração do aniversário *dela*. Até então, estava uma droga.

— Pena que você não consegue fazer de pé, que nem o Paul — disse Chloe, observando, pelo canto do olho, Paul corar. — Se sim, poderia fazer lá embaixo.

Agora, o que a tinha feito dizer aquilo?

Chloe se levantou. Inclinou-se contra a parede de pedra e olhou para baixo. Tudo o que conseguia ver era brancura sem fim e, à esquerda dela, um dos pilares vermelhos da Golden Gate Bridge manchados pela água.

O que aconteceria se eu deixasse uma moeda cair desta altura? Pensou Chloe. *Faria um túnel através da neblina? Isso seria legal.* Um túnel de 60 metros de altura e 2 centímetros de diâmetro.

Ela subiu em uma janela e procurou uma moeda dentro do bolso, sem se preocupar em apoiar a outra mão na parede.

A torre de repente pareceu se inclinar para a frente.

— O quê... — começou ela.

Tentou se equilibrar na moldura da janela, agarrando a parede, mas a neblina a havia deixado úmida e escorregadia. Ela deslizou para a frente, o pé esquerdo perdendo o apoio.

— Chloe!

Ela jogou os braços para trás, tentando desesperadamente recuperar a estabilidade. Por um breve segundo, sentiu os dedos quentes de Paul contra os próprios. Olhou para o rosto do amigo: um sorriso de alívio passou por ele, as bochechas rosadas. Mas então o momento acabou: Amy emitiu um grito agudo e Chloe sentiu nada segurando-a conforme escorregava dos dedos de Paul. Ela estava caindo — *caindo* — da janela e da torre.

Isto não está acontecendo, pensou Chloe. *Não é assim que eu acabo.*

Ela ouviu os já abafados gritos dos amigos ficando mais fracos, mais e mais longe. Algo a salvaria, certo?

A cabeça de Chloe bateu por último.

A dor era insuportável, excruciante e nauseante — como cem agulhas se cravando no corpo dela conforme ele colidia contra o chão.

Tudo ficou escuro e Chloe esperou a morte.

Dois

Ela estava cercada pela escuridão.

Barulhos estranhos, passos e um grito ocasional ecoavam e se esvaíam de modo estranho, como se ela estivesse em uma grande caverna formada por túneis e reentrâncias. Em algum lugar à frente e bem abaixo, como se ela estivesse de pé à beira de um precipício, havia um círculo indistinto auréola de luz fraca; tremeluzia de forma desagradável. Chloe começou a se afastar dessa claridade. Então algo rosnou atrás dela e a empurrou com força.

Chloe se inclinou para a frente em direção à luz e ao vazio.

Então era isso. Isso era a *morte*.

— Chloe? *Chloe?*

Que esquisito. Deus parecia um pouco irritante. Com a voz meio aguda, choramingando.

— Ai, meu Deus, ela está...

— Ligue para a emergência!

— De jeito nenhum ela poderia ter sobrevivido àquela queda...

— SAIAM DA MINHA FRENTE!

Chloe sentia como se estivesse girando, o corpo sendo forçado de volta para dentro da pele.

— Sua *imbecil idiota*!

Essa era Amy. *Com certeza* era a Amy.

— Deveríamos ligar para a mãe dela...

— E dizer o quê? Que a Chloe está... que ela está *morta*?

— Não diga isso! Não é verdade!

Chloe abriu os olhos.

— Ai, meu Deus... Chloe...?

Paul e Amy estavam inclinados sobre ela. Lágrimas e linhas de maquiagem preta que pareciam raios desciam pelas bochechas de Amy, cujos olhos azuis estavam arregalados e vermelhos.

— Você está v-viva? — perguntou Paul, o rosto branco de espanto. — Não tem como... — Ele colocou uma das mãos atrás da cabeça dela, sentindo o pescoço e o crânio. Quando a puxou de volta, estava com apenas um pouquinho de sangue no dedo.

— Você... você não... Ai, meu Deus, é... um... milagre... — falou Amy, devagar.

— Consegue se mexer? — perguntou Paul baixinho.

Chloe se sentou. Foi a coisa mais difícil que se lembrava de ter feito, como se saísse de sob toneladas de terra. A cabeça dela girava e, por um instante, tudo pareceu dobrado, quatro amigos achatados como biscoitos na frente dela. Chloe tossiu e então começou a vomitar. Ela tentou se virar para um lado, mas não conseguiu controlar o corpo.

Depois que acabou de vomitar, percebeu que Paul e Amy a estavam tocando, segurando os ombros dela. Chloe mal sentia as mãos dos amigos; o tato retornava devagar à pele.

— Você *deveria* estar morta — falou Paul. — Não tem como ter sobrevivido àquela queda.

Chloe ficou impressionada com o que Paul disse. Parecia verdade. No entanto, ali estava ela, viva. Simples assim. Por que não estava surpresa?

— Me ajudem a levantar — pediu Chloe, tentando não reparar nos olhares confusos e assustados dos amigos. Eles a ajudaram a se inclinar para a frente, e então, devagar, a se apoiar nas pernas trêmulas. Mexeu os dedos dos pés e dobrou os joelhos. Eles funcionavam. Mal.

— Puta merda — falou Paul, incapaz de pensar em outra coisa para dizer.

— Deveríamos levar você para um hospital — sugeriu Amy.

— Não — respondeu Chloe, mais depressa do que pretendia.

— Tá *maluca*? — exclamou Paul. — Só porque não está morta não significa que não tenha uma concussão ou algo assim... Não pode simplesmente cair de 60 metros e sair andando sem que *nada* aconteça.

Chloe não gostava do modo como os amigos a olhavam. Não deveriam estar em êxtase? Felicíssimos por ela não estar morta? Em vez disso, a encaravam como se fosse um fantasma.

— É. Nós vamos. Sem discussão — disse Amy, empinando o queixo pontudo de maneira teimosa.

Ela e Paul ajudaram Chloe a se levantar, um em cada ombro. *Meu anjo e meu demônio*, pensou ela com ironia. *Bem, meu nerd e minha aspirante a desajustada*. A cabeça latejava e Chloe só queria uma aspirina.

Além de um tempo sozinha para *pensar*.

Ela conseguiu esse tempo na sala de espera da emergência, embora não estivesse exatamente sozinha. Depois que Amy fez um escândalo histérico sobre a *amiga* e o *acidente* que havia sofrido, a enfermeira da recepção deu uma olhada na garota aparentemente saudável e os mandou para a sala de espera, atrás de uma fila de mendigos com ferimentos visíveis: braços quebrados, rostos arranhados, feridas infeccionadas.

Paul se ofereceu para preencher a papelada, mas depois de uma hora brincando de Adivinhe o Sintoma mentalmente, Chloe finalmente perdeu a paciência.

— Olha, por que a gente não vai embora daqui — disparou ela. — Eu estou *bem*.

— Até parece — respondeu Paul, e esticou a mão para pegar uma edição da *Vogue* de três meses antes.

— Não toque nisso — falou Amy, batendo na mão dele. — Germes. — Então se virou para Chloe. — Você caiu, tipo, uns milhares de metros de *cabeça*, Chlo.

Mais meia hora se passou. Eles assistiram ao noticiário passar de modo incompreensível na TV sem volume. Histórias sobre o Iraque e Wall Street e o corpo de alguma garota encontrado em um beco.

Finalmente, às 16 horas, a equipe do hospital estava pronta para atender a garota sem ferimentos visíveis. A enfermeira da recepção levantou a mão quando Amy e Paul tentaram seguir Chloe.

— Somente família — informou ela.

Amy se virou para Chloe, franzindo o nariz sardento e sorrindo. Era uma cara "fofa" que Chloe sabia que Amy havia praticado em frente ao espelho durante horas, mas que não funcionava muito bem com o nariz arrebitado.

— Você vai ficar bem, prometo.

Eu sei. Eu estou bem.

— Obrigada. Por tudo. — Chloe deu um sorriso torto para a amiga, então passou pela enorme porta vaivém de metal.

— Se você e seus amigos estiverem mentindo sobre o "acidente" — Chloe ouviu a enfermeira dizer a Paul e Amy

—, os pais dela vão dever uma *grana preta* para o plano de saúde...

Assim que a porta oscilou atrás dela, Chloe começou a procurar a saída no corredor.

Ela queria ter dinheiro para um táxi, mas precisou pegar o ônibus. Assim que entrou em casa, Chloe correu para o banheiro, arrancou as roupas e abriu o chuveiro. Depois de um longo banho, finalmente começou a se sentir normal de novo, como se alguns minutos de paz sozinha fossem tudo de que precisava. *Para se recuperar de uma queda de 60 metros* de altura. Ela enrolou a toalha no corpo ao sair e se olhou no espelho. Havia um arranhão de leve na têmpora e um pouco de sangue seco no couro cabeludo que era até divertido de cutucar. Só.

Chloe saiu do banheiro e se sentou em frente ao computador, onde havia começado o dia apenas algumas estranhas horas atrás. Ela abriu o Google e então parou, os dedos normalmente ultrarrápidos hesitando sobre o teclado. *Como se pesquisa "chances de sobreviver a uma queda absurdamente alta diretamente no cimento"?* Alguns minutos de pesquisa revelaram o fato interessante, porém inútil, de que *defenestração* significava "ato ou efeito de atirar janela afora" e que quase ninguém, a não ser Jackie Chan, havia sobrevivido tranquilamente a uma queda de mais de 15 metros.

Chloe se deitou e contemplou o teto. Não havia como negar: ela não deveria ter sobrevivido ao mergulho da Coit Tower. Talvez aquela fosse sua vida pós-morte, e ela estava sendo introduzida aos poucos, com pessoas e lugares familiares?

Mas Chloe afastou tal ideia rapidamente, tirando mais um pouco de sangue do cabelo. *O Paraíso seria mais limpo*, pensou ela, determinada. Mas definitivamente algo estranho havia acontecido. Ela não devia ter sobrevivido.

Era realmente um milagre.

Pensando, sob a luz vespertina do outono, Chloe adormeceu.

E sonhou:

Estava deitada em uma toca confortável, macia, mas que não se movia da forma que um colchão faria quando ela mudava de posição. Estava quente, mas não desagradável; os raios do sol eram tangíveis sobre a pele, acariciando-a até pegar no sono de novo. Algo lambeu a lateral do rosto de Chloe, áspero e rápido: *levante-se*.

Ela se levantou da areia, limpando-se. Colocou a mão acima dos olhos e vislumbrou o horizonte. Aquilo não era uma praia, e sim um deserto, ermo e vasto — embora familiar e nada assustador. As dunas eram douradas e o céu, de um azul-escuro vazio, anunciava uma noite gelada depois que o sol finalmente se pusesse, dali a meio dia. Estavam se dirigindo ao norte, descendo o rio.

Abaixo da mão de Chloe estava a leoa que a havia acordado; ela tocava seus dedos com o focinho. Todos ao redor dela eram leões, fêmeas e sem jubas, o verdadeiro poder da alcateia. Quatro delas. Chloe estava ereta e esquisita; quando finalmente começaram a se mover, os enormes felinos precisaram diminuir o ritmo para poder acompanhá-la. As lindas espáduas dos animais se erguiam e desciam em uma cadência lânguida e forte.

Um abutre voava em círculos acima, esperando se alimentar do que quer que elas deixassem.

Quando Chloe acordou, estava faminta.

Assim que abriu os olhos, antes de se lembrar da queda ou de ser levada para casa, Chloe pensou no que poderia haver na geladeira. O restante voltou à memória conforme se levantava. Chloe estava com o corpo rígido, mas até mesmo o arranhão na testa já estava sumindo.

Ficou surpresa ao ver que o relógio no micro-ondas marcava 18 horas; Chloe havia dormido por mais de quatro horas. *Não parece.* Ela abriu a geladeira e investigou o conteúdo; a maioria era ingredientes do próximo jantar gourmet complicado que a mãe estava planejando. Ela pegou dois iogurtes, uma vasilha de salada de macarrão e uma caixa velha dessas de restaurante chinês com macarrão *lo mein*. Se cair de quase sessenta metros não a havia matado, aquilo provavelmente também não faria mal.

Chloe se sentou à mesa e comeu. Ainda não estava completamente acordada, nem pensava direito; apenas aproveitava a sensação da comida batendo no estômago e a preenchendo.

A porta se escancarou e a Sra. King entrou apressada em casa. Abriu a boca para falar algo, então reparou no banquete devorado sobre a mesa.

— Eu caí da Coit Tower hoje — disse Chloe, sem pensar.

Não havia planejado contar à mãe imediatamente. Queria pensar a respeito antes, planejar a abordagem certa — mas não tinha conseguido pensar em uma. Aparentemente, o subconsciente de Chloe tinha.

— Eu sei — respondeu a mãe em tom baixo e irritado. — Acabo de vir do *hospital*, onde supõe-se que você deveria estar me esperando. Mas não, você decidiu não ficar lá, da mesma forma que *aparentemente* decidiu matar aula hoje.

Filha e mãe se encararam, sem dizer nada por um instante.

— O que deu em você? — gritou, finalmente, a mãe de Chloe. — É esta a semana na qual você decidiu praticar todos os atos de rebeldia adolescente de uma só vez?

— Mãe! — gritou Chloe de volta. — Eu *caí da Coit Tower*. Isso não significa nada para você?

— Além do fato de que você estava agindo como uma idiota irresponsável?

Mas os olhos da Sra. King se voltaram para as marcas sutis no rosto da filha, para o modo desconfortável como ela se sentava e para o sangue negro no couro cabeludo.

— Você está bem? — perguntou, finalmente.

Chloe deu de ombros.

— Foi por isso que saí — murmurou ela. — Não tinha nada de errado. Eles não queriam me ouvir.

— Estou contente por Amy e Paul terem tido o bom-senso de ignorar o que você dizia e levá-la para o hospital. — A Sra. King suspirou. — Embora eu queira matá-los por encorajarem seu "dia de folga".

— Paul não estaria aqui para o meu aniversário — falou Chloe, sentindo-se mimada, idiota e cheia de autopiedade. — Eu queria comemorar com meus amigos.

A mãe abriu a boca para falar alguma coisa, mas a fechou novamente.

— Você poderia ter morrido — disse ela. Ficou calada por um momento. — É um milagre que não tenha.

— Eu sei.

Houve mais um momento de silêncio. Chloe encarou o prato vazio e a mãe encarou a filha. A Sra. King ajeitou os óculos de armação preta. Chloe quase podia ver os pensamentos da mãe tropeçando uns nos outros em círculos lógicos de advogado: *Ela deveria estar morta. Mas não está. Eu deveria estar grata por isto. Mas estou furiosa com ela. Ela não está morta. Então deve ser punida.*

— Precisamos conversar sobre isso. Sobre o seu comportamento e o seu castigo.

— *Claro* — falou Chloe cheia de ironia, ficando irritada de repente. — Mãe, eu deveria estar *morta*.

— E daí? Você não está. Fique contente. Trouxe alguns bifes, e vou prepará-los em uma hora, depois de trabalhar um pouco.

— Você me *ouviu*? Eu poderia, eu *deveria* ter morrido!!!

A mãe de Chloe abriu a boca para dizer algo, mas não disse. Passou os dedos pela franja rala que lhe emoldurava o rosto, afastando-a dos olhos. Os cabelos da Sra. King eram espessos e loiros, tão diferentes quanto podiam ser da textura e da cor dos cabelos da filha.

Chloe se virou e foi até o quarto batendo os pés.

Talvez *a mãe* estivesse usando drogas.

Era a única explicação na qual Chloe conseguia pensar para uma reação tão blasé. Talvez fosse o choque? Talvez ela realmente não se importasse. Chloe considerou com amargura a facilidade com que a mãe poderia ter se livrado dela. Estaria livre para dar jantares, ir a aberturas de exposições e talvez escolher um namorado muito legal. Do tipo que normalmente ficaria longe de situações complicadas como *filhas*. Principalmente as adotadas.

Ela pensou no pai, do qual mal conseguia se lembrar e que havia falecido quando Chloe tinha 4 anos. *Ele* teria se importado. Teria corrido com ela *de volta* para o hospital, sem se importar com o quanto ela protestasse.

Chloe se sentou na cama e abriu cuidadosamente a gaveta do meio da escrivaninha. Era o único móvel velho do quarto: antigo, sólido e de carvalho. Perfeito para esconder o único segredo de verdade que guardava da mãe.

Um ratinho cinzento sentou-se sobre as patas traseiras e olhou para ela com expectativa.

Quii!

Chloe sorriu e colocou a mão ao lado dele, deixando que subisse pelo seu braço. A Sra. King proibira terminantemente qualquer animal com pelos — supostamente por ser alérgica. Mas uma vez, quando a mãe entrou em um frenesi de exterminação, convencida de que a casa estava infestada de pestes vindas dos vizinhos porcos, Chloe chegou da escola e encontrou um ratinho bebê preso em uma armadilha. Com a ajuda de Amy e Paul, ela instalou uma lâmpada na escrivaninha. Agora, Mus-mus tinha água, comida e uma rodinha para se exercitar. Era todo um mundinho que a mãe desconhecia completamente.

Chloe tirou um cereal de dentro da sanduicheira que guardava sob a cama e o ofereceu ao ratinho cuidadosamente; ele o pegou com as patas da frente e sentou-se, mordiscando o cereal em formato de anel como se fosse uma rosquinha gigante.

— O que eu faço? — sussurrou ela. O ratinho não parou de comer, ignorando-a. — Minha mãe é tão babaca.

Ligar para Amy era a única coisa que podia fazer, na verdade. Chloe poderia pedir desculpas por se comportar de forma tão estranha depois que a amiga e Paul a levaram para o hospital, agradecê-la, começar a inevitável discussão sobre o quanto era bizarro ela estar viva, e a seguir debater por que ela havia sobrevivido. Amy provavelmente ofereceria alguma explicação envolvendo o sobrenatural ou anjos — inútil, mas divertido. Chloe sorriu e pegou o telefone, colocando Mus-mus na gaiola com cuidado.

Sete longos toques... O celular estava ligado, mas ela não atendia. Chloe tentou mais três vezes, para o caso de o telefone estar soterrado no fundo da bolsa da amiga e ela não estivesse conseguindo ouvir. Na quarta tentativa, deixou um recado.

— Oi, Amy, me liga. Estou, hã, melhor. Desculpa pela grosseria de hoje. Acho que estava em choque, ou algo assim.

Então tentou a casa.

— Ah, oi, Chlo-ee! — atendeu a Sra. Scotkin. Houve uma pausa; ela devia estar olhando a hora. — Feliz 16 anos daqui a seis horas!

Chloe se esforçou para sorrir. Amy não devia ter contado nada para a mãe.

— Obrigada, Sra. Scotkin. A Amy está?

— Não... Acho que está fazendo o trabalho de Civilização Americana com o grupo. Tente o celular.

Já tentei, obrigada.

— Tudo bem, vou tentar. Obrigada, Sra. Scotkin.

Chloe fez uma careta. Foi até o computador e verificou todos os nicks de Amy, mas nenhum estava online. Talvez estivesse mesmo fazendo o trabalho? Não. Paul estava online, mas "Ausente". E Chloe não estava mesmo a fim de falar com ele, precisava de *Amy*. Tinha quase morrido. Em quatro horas faria aniversário. A mãe dela estava maluca. E Chloe estava Totalmente Sozinha.

Ela caminhou pelo quarto, pegando algumas coisinhas — bibelôs, bichos de pelúcia — e colocando-as em seguida de volta no lugar. A tristeza virou inquietação; de repente, o quarto pareceu pequeno. Pequeno demais para refletir direito. Chloe flexionou os dedos dos pés para cima e para baixo como uma bailarina.

Ficou parada um instante, indecisa, então pegou o casaco e desceu a escada às pressas.

— Aonde você vai? — exigiu saber a mãe, como um personagem de um programa de TV.

— *Sair* — respondeu Chloe, de forma tão previsível quanto. Chegou até a bater a porta atrás de si, só para completar.

Três

A noite estava mais fria do que Chloe havia esperado. Ela parou por um momento, só de camiseta, deixando o ar úmido roçar a pele e eriçar os pelos dos braços. O cheiro era surpreendentemente bom; limpo e úmido como uma nuvem. Então o vento mudou de direção e Chloe pôde ouvir e sentir o trânsito também: o cheiro de fumaça, acre e seco, mesmo na umidade, chegava ao nariz dela. Chloe suspirou e colocou o casaco.

OK, Srta. Espontânea. Para onde agora?

Estava preparada para um castigo *realmente* espetacular mais tarde (embora esperasse que a experiência de quase morte aliviasse um pouco a barra), então a noite não deveria ser desperdiçada. E foi quando ela pensou: *The Bank.*

Normalmente, Chloe nunca, *jamais* consideraria tentar entrar em uma boate sem passar várias horas trocando de roupa com Amy antes, experimentando tudo nos armários das duas e às vezes até algumas coisas do Paul. Jeans e camiseta eram bem vergonhosos.

Mas ela não ligava; iria fazer aquilo. Entraria na boate, sozinha e vestida como o Monstro da Lagoa Gap. Simplesmente *precisava* dançar naquele momento.

Era uma terça-feira, então não havia fila na entrada; os pisca-piscas alaranjados e pretos de Natal-dos-Infernos mal iluminavam a rua excepcionalmente vazia. Um leão de chácara entediado estava sentado em um banquinho, usando óculos escuros redondos e pequenos que não protegiam contra nada.

Chloe andou de forma confiante até a corda de veludo, sem saber muito bem o que faria a seguir. O restante das pessoas na fila estava vestindo algo brilhante, provocante ou somente preto — e eram todos pelo menos meia década mais velhos do que ela.

Antes que conseguisse pensar, Chloe desfilou por entre eles e se viu perguntando diretamente ao segurança:

— Ei, posso entrar?

Simples assim.

O homem gigante olhou-a de cima a baixo, parando no All Star preto e surrado. Então abriu um leve sorriso.

— Gosto dos seus sapatos. São *das antigas*, baby — falou ele, e levantou a corda para Chloe.

— Obrigada, cara — respondeu ela, no que esperava ser um tom igualmente descolado. Era como se tivesse acabado de passar de fase em um dos jogos de videogame de Paul. O Caronte de Inner Sunset acabara de deixá-la entrar no Submundo da Dança.

A pista não era grande, mas tinha espelhos pretos em toda sua extensão que a faziam parecer com o dobro do tamanho e de pessoas. Colado à última parede e serpenteando até a porta estava o enorme bar pelo qual a boate era conhecida: sua superfície era coberta por milhares e milhares de moedinhas de cobre brilhantes, envernizadas de forma a parecer uma cascata que saía de um cofre na parede até o chão.

Durante o dia, quando as pessoas aspiravam, limpavam e tentavam remover o fedor eterno de cerveja, luzes normais deviam iluminar detalhes desagradáveis no rio de cobre —

manchas de tinta onde as pessoas haviam tentado declarar amor eterno com Sharpie, pontos gastos e descascados onde as moedas haviam sido roubadas (o trabalho de uma noite pelo valor de um centavo). Mas, naquele momento, o balcão brilhava como se um deus antigo da riqueza tivesse acabado de virar sobre ele um caldeirão de dinheiro. Luzes douradas reluziam sobre o bar sem refletir nos rostos dos clientes, mantendo o clima romântico e sombrio.

A música era tipicamente house, com um toque de eletrônico. Nada de Moby *ou* Goa. Paul teria ameaçado ir embora, com os ouvidos tapados, não sem antes se aproximar do DJ para ver qual equipamento usava. *Deveriam* estar os três ali, não somente Chloe sozinha. Mas a música martelava ruidosamente, e ela sentiu que podia ir até a pista e dançar sem ninguém — quase morrera naquele dia; poderia fazer tudo.

Mas antes foi para o bar, apoiando-se nele e investigando o cenário. Algumas pessoas malvestidas dançavam mal, mas fora isso o público era bonito. Um grupo que parecia fazer parte de uma fraternidade discutia em voz alta, mas de modo saudável, sobre esportes, balançando as cervejas e deixando um executivo deslocado e a modelo que estava com ele bastante desconfortáveis. Havia um cara especialmente gato do outro lado da pista, nos fundos, bebendo discretamente e observando as pessoas, assim como Chloe. O cabelo dele era negro, a pele morena e os olhos bastante claros. Exótico. Ela abaixou a cabeça para seguir os movimentos do sujeito conforme ele pedia uma cerveja, conversava com um amigo e caminhava em direção à pista, mas então Chloe o perdeu de vista.

Esperou pacientemente, mas ele não voltou. Ninguém conseguiu tomar posto dele também; havia alguns candidatos, mas o cara mais gato da boate tinha desaparecido.

— Posso pagar uma bebida para você?

Ele apareceu ao lado dela, sorrindo diante da surpresa e do desconcerto de Chloe. De perto era ainda mais bonito, com lábios carnudos e uma leve concentração de sardas marrom-escuras no nariz.

Chloe estava prestes a dizer "Não, obrigada", como fazia sempre que alguém de 20 e poucos anos tentava seduzir a garota de 15 que ela era. Mas "É claro!" foi o que saiu em vez disso.

— O que vai querer?

— Vodca com Red Bull.

Ele concordou com a cabeça e brindou com garrafa de cerveja assim que o barman entregou o copo a ela.

— Em duas horas será meu aniversário! — gritou Chloe ao ouvido dele.

— Sério? Um brinde! — Ele parecia inglês. Brindaram mais uma vez e beberam. — Parabéns! — disse, beijando-a na bochecha delicadamente.

Chloe sentiu o estômago se revirar e a mente fingir de morta. Um sorriso enorme se estendeu pelo rosto dela, acabando totalmente com a atitude descolada que vinha mantendo. Tinha entrado na boate sem qualquer problema, um cara lindo de morrer tinha acabado de lhe pagar uma bebida. Aquele estava se tornando um aniversário muito bom, no fim das contas.

Depois de outra bebida, começaram a dançar. Ele se movia levemente, formando pequenos círculos, perfeitos para evitar os outros dançarinos na pista cheia. Durante uma música ele colocou as mãos na cintura dela e deixou que Chloe se movimentasse, tornando-a o centro das atenções dele. Quando caminhavam pela multidão para pegar uma bebida ou descansar, ele tocava gentilmente as costas ou os ombros dela, guiando-a de forma protetora, mas não possessiva.

— Sou Chloe! — gritou ela em determinado momento.

— Sou Xavier! — exclamou ele de volta.

Quando deu meia-noite e meia, Chloe concluiu que estava virando abóbora. Com ou sem experiência de quase morte, a mãe a mataria *com as próprias mãos* caso Chloe ficasse fora a noite toda. Xavier a levou para fora da boate.

— Me deixe ser o primeiro a desejar feliz aniversário — falou, e beijou-a delicadamente nos lábios quando chegaram ao estacionamento escuro. Sua boca era quente e úmida, mas não molhada, e Xavier era muito mais gentil do que os poucos garotos que Chloe havia beijado, todos da sua idade. Ele tirou um cartão de visitas da carteira; dizia *Xavier Akouri, 453 — Mason St., #5A, 011-30-210-567-3981*. Chloe levou um tempo para entender que estava olhando para um número de celular internacional.

— Não vai pedir o meu? — perguntou Chloe.

Ele sorriu e abaixou a cabeça de forma que os narizes quase se tocaram, encarando-a diretamente nos olhos.

— E você me daria seu número de verdade? *Você* liga para *mim* se quiser.

O estômago dela deu outra cambalhota. Antes que se desse conta do que estava fazendo, segurou-o pela nuca, mantendo a cabeça dele parada enquanto o beijava. Ele até chegou a soltar um leve gemido. Isso a levou à loucura. As mãos dele envolveram o quadril de Chloe. Ela passou as mãos por dentro da camisa dele e sentiu a pele nas costas, delineando os músculos e agarrando-os com as unhas. Ele gemeu novamente, de prazer ou dor, era difícil dizer. Então segurou uma das pernas dela e a prendeu em volta da própria cintura. Chloe sentiu-se deslizar para mais e mais perto...

Que diabos estou fazendo?

Ela abriu os olhos e viu um europeu gatíssimo beijando-a, o que poderia ser bom, maravilhoso até... Mas ela estava a segundos de transar com ele no meio do estacionamento.

— Desculpa. — Chloe se desvencilhou dele e se afastou, respirando intensamente. Ela ansiava e latejava de desejo.

Xavier pareceu confuso. As pálpebras estavam semicerradas, e pequenas e prateadas gotas de suor emolduravam as sobrancelhas. O cabelo estava bagunçado.

— Eu... não posso fazer isso agora — falou Chloe.

Ganhando pontos com ela, Xavier concordou, embora relutante.

— Você... Você quer ir até a minha casa?

Chloe abriu a boca para responder. Percebeu que estava bem próxima de dizer "Sim, quero", mas conseguiu engasgar um "Desculpe" novamente, se virando e indo embora rápido. Correu até chegar em casa e ainda deu mais uma volta no quarteirão para garantir, esperando que o desejo deixasse o corpo. Será que a mãe perceberia um olhar no rosto dela ou sua bochecha corada? Ela poderia dizer que era por causa da corrida.

Quando Chloe entrou, a mãe estava lendo no sofá, sem sapatos e com uma taça de vinho tinto sobre a mesa perto dela. Intocada. Estava tentando fazer parecer que simplesmente ficara acordada até mais tarde e não que estava ali esperando por Chloe. Os olhares de ambas se encontraram.

— Subirei daqui a pouco — disse, finalmente, a Sra. King. — Só quero terminar este capítulo.

Ela realmente vai fingir que está tudo bem. Chloe não conseguia acreditar. E pelo tom da mãe, era como se aquela noite não tivesse acontecido. Como se talvez nunca mais fosse ser mencionada.

— Tá bom. Boa noite — falou Chloe, do jeito mais grato possível.

Ela subiu as escadas aos tropeços, cansada, tirando as roupas conforme andava. Conseguia sentir o cheiro de Xavier nas roupas, as mãos dele perigosamente próximas aos seios no momento em que pousaram na cintura, os lábios na gola da blusa quando Xavier beijara seu pescoço.

Ela vestiu os shorts samba-canção e uma camiseta enorme do *Invasor Zim* e se atirou na cama, abraçando seu porco de pelúcia e pensando no que havia acontecido. Hormônios adolescentes, como costumavam dizer, ou seria uma reação de valorização da vida em consequência à experiência de quase morte? Chloe pensava já ter ouvido falar de algo assim... Ela abraçou Wilbur com mais força e caiu no sono.

Quatro

Somente muitas horas depois do início do dia seguinte, durante a primeira aula de Civilização Americana, que Chloe subitamente se deu conta: o que havia feito, ou quase feito, na noite anterior, não tinha importância comparado ao fato de não ter morrido. Ela havia se esquecido de tudo por um breve, e feliz, momento.

O que não era surpreendente: o cérebro de Chloe mal funcionava antes das 9 horas. O que se passava entre o momento em que era acordada pela merda do radiorrelógio velho e o segundo sinal do colégio geralmente era como um borrão indolor e inconsciente. A mãe dela, na época em que ainda brincava de mãe solteira feliz, costumava fazer panquecas com desenhos de carinhas felizes e as regava de calda doce, perguntando à filha o que faria naquele dia. Finalmente, a Sra. King desistiu de tentar se comunicar com a semiconsciente e resmungona Chloe, se contentando em encher e ajustar o timer da cafeteira na noite anterior. Chloe sempre tentava se lembrar de grunhir um "tchau" antes de sair, enquanto a Sra. King praticava sua ioga matinal em frente à TV.

Merda. Quase transei com um estranho num estacionamento na noite passada.

Chloe sentia o corpo formigar quando pensava em Xavier. Ela se lembrava de desejá-lo intensamente, mas não do desejo em si. Tentou inutilmente rabiscar os lábios dele na borda do caderno. Onde tinha colocado o cartão de visitas?

— ... uma bota igual para ambos os pés. Acho que nenhum de vocês hoje em dia, com seus Florsheim ou tênis, conseguiria imaginar o sofrimento daqueles soldados enquanto marchavam...

Nem Paul nem Amy faziam aquela aula, o que a tornava triplamente chata. *Que merda era um Florsheim?* Chloe tentou disfarçar um bocejo, mas ele saiu tão grande que parecia que a sua boca tinha se escancarado além do normal, como em *Alien*. Os dentes bateram uns nos outros ao final do bocejo, produzindo um barulho nada discreto. Chloe olhou ao redor para ver se alguém tinha percebido — ninguém, a não ser Alyec, que estava assistindo a tudo com as sobrancelhas erguidas. Ela corou, mas sorriu de volta, olhando aqueles lindos olhos azuis. Alyec sorriu e fez um gesto de "sono" com as mãos ao lado do rosto. Chloe confirmou com a cabeça e os dois voltaram a fazer anotações ou a rabiscar desenhos antes que a Sra. Barker percebesse.

Quando o sinal tocou, Chloe recolheu o material e se preparou para ir até a biblioteca — o *segundo* tempo dela era livre, o que era um saco. No ano anterior, Amy tinha o primeiro tempo livre e podia dormir até às 8 horas antes de se dar ao trabalho de ir para a escola. Conforme Chloe passava pelos armários dos alunos populares, viu Alyec e acenou. Ele estava, é lógico, cercado por pessoas bonitas.

Chloe lembrou da pequena interação durante a aula e do sucesso com o segurança na noite anterior, então andou diretamente até ele, ignorando os outros.

— Civilização Americana não foi um *saco* hoje? — Lá estava ela de novo, fazendo algo no qual não conseguia acreditar. Primeiro a queda de uma torre, depois a pegação com um estranho e agora estava indo diretamente até o garoto mais cobiçado entre os alunos do primeiro ano para conversar. Podia sentir os olhares malignos do grupinho empalando-a pelas costas, mas de alguma forma não estava nem um pouco nervosa. Nem mesmo uma palpitação.

Isto é ótimo. Eu deveria quase morrer todos os dias.

— Nossa... — falou Alyec com um sotaque fraco, mas que ainda possuía nuances estrangeiras. — Ver você... como se diz? Gemer? Foi a parte mais emocionante da aula.

— Aquilo não era gemer, eu estava *bocejando* — explicou Chloe com um sorriso tímido. — Mas se descobrir um jeito de me fazer gemer, deixo você assistir o dia inteiro. — *Eu falei isso mesmo?* Através da visão periférica, ela viu um monte de queixos caindo.

— Você é hilária, King, sabia? — disse Alyec com uma gargalhada sincera.

O segundo sinal tocou.

— Preciso ir para a biblioteca, mas devíamos nos encontrar algum dia.

Keira parecia prestes a literalmente rosnar; os lábios estavam recuados acima dos dentes.

— Com certeza — concordou Alyec. — Vejo você depois, King.

— Até. — Ela passou pelas outras meninas tentando não parecer muito convencida, mas incapaz de conter um sorrisinho.

Chloe pensou em Xavier durante a maior parte do tempo em que ficou na biblioteca, olhando pelas janelas e sonhando um pouco. Fez o mesmo durante a aula de matemática e o almoço. Pensou mais nele do que na queda. Era mais ou menos como a mãe havia falado: ela caiu, sobreviveu, e ali estava. Chloe encarava o nada, levando a pizza à boca, quando um tapinha irritante e familiar no ombro a levou de volta à realidade. Gotas alaranjadas de gordura voaram para o outro lado da mesa.

— Ai, meu Deus, é *verdade*? — Amy se jogou no assento ao lado da amiga. — Quero dizer, *feliz aniversário*, mas aimeudeus, é mesmo *verdade* que você deu em cima do Alyec bem na frente da Halley e da Keira e... de todo mundo?

— É, acho que sim — respondeu Chloe, sorrindo.

— Como está se sentindo?

Chloe deu de ombros.

— Bem, acho. Um pouco estranha. Ontem à noite...

— Olha, precisamos conversar — interrompeu Amy, inclinando-se para perto e encarando a amiga. — Algo *grandioso* está acontecendo comigo. Quero conversar sobre isso. Jantar?

Maior do que uma experiência de quase morte e outra de quase sexo? Mas Chloe segurou a resposta sarcástica. Amy realmente parecia preocupada. E mais intensa do que o normal.

— Tudo bem...

— Legal! Vejo você na aula de inglês!

Chloe assistiu à amiga saltar do assento e correr, alfinetes de segurança e correntes sacudindo conforme ela se movia, com o cabelo castanho e rebelde balançando. Ela se voltou para a pizza e imaginou quando a vida voltaria ao normal. A gordura tinha solidificado e se transformado em pequenas poças de algo que parecia plástico laranja. Chloe suspirou e afastou a comida.

A normalidade parecia voltar à tona na Pateena's. Por mais que odiasse separar as roupas quando voltavam da lavanderia, havia uma familiaridade reconfortante no processo de dobrar e esticar, nas tiradas aleatórias da gerente, nos clientes antenados. Nada sexy *ou* sobrenatural. Só um monte de jeans e tênis de basquete velhos e extremamente caros.

No entanto, Chloe não pôde deixar de notar um cliente que entrou logo quando ela achava que tinha vencido a batalha contra os hormônios. Ele usava calças de gorgorão pretas, uma camiseta preta justa e uma jaqueta de couro preto e corte reto, como um blazer. Mas não havia indicação de que ele fosse um *über-gótico*: nenhuma tatuagem, bijuterias, facas ou qualquer coisa do tipo. A roupa, que faria qualquer outro cara parecer um aspirante a Johnny Cash, funcionava perfeitamente nele. O cabelo era castanho bem escuro, a pele ligeiramente bronzeada e saudável e os olhos de um castanho profundo, com belos e longos cílios.

Mas a graça estava no gorro tricotado à mão com orelhinhas de gato.

Ali estava um garoto lindo e com senso de humor. Ele vasculhou a arara de camisas polo, franzindo a testa.

— Procurando por algo para usar no Halloween? — perguntou Lania de modo maldoso. Chloe resmungou, ainda incapaz de acreditar que aquela vadia alternativa tivesse permissão para mexer na caixa registradora enquanto *ela própria* não. Só porque a outra garota era dois anos mais velha. Se Chloe ganhasse um dólar por cada cliente que Lania insultava, finalmente conseguiria comprar uma mountain bike nova. Uma *boa*.

Mas o garoto apenas riu.

— Não, sinto informar que seja para uma reunião de verdade, com executivos de verdade. — Ele parecia jovem demais para ser um homem de negócios, mas estávamos em São Francisco, não é? Devia ser programador, designer gráfico ou algo assim.

Chloe voltou a trabalhar, imaginando como Xavier seria à luz do dia. Quantas bebidas ele havia tomado naquela noite? Apenas duas ou três. A visão dela *poderia* ter sido enganada pelo efeito do álcool. Talvez as sardas sensuais fossem na verdade um quadro grave de acne...

— Com licença. — O garoto de gorro passou cuidadosamente por Chloe, com as compras agarradas ao peito. Parece que Lania tinha decidido deixá-lo pagar.

— Gostei do gorro — falou Chloe.

— Mesmo? Obrigado! — O garoto tirou a peça e olhou, como se tivesse ficado surpreso por ela ter notado.

— Foi a sua namorada quem fez?

Ele sorriu.

— Não, fui eu. — Chloe ficou impressionada. Além de Amy, quase ninguém que ela conhecia (sem contar as amigas da mãe que seguiam as tendências do momento) tricotava, a não ser aqueles que o faziam mas nunca terminavam nada. Tirando algumas partes do acabamento, o gorro parecia bastante profissional. — Achei o tipo de ponto na internet — continuou o garoto. — Se quiser, posso te dar o site.

— Não, obrigada, não sei tricotar. Minha amiga Amy sabe, mas eu sou completamente descoordenada com as mãos.

— Ah, você deveria fazer aulas. É meio divertido — falou, um pouco envergonhado.

Chloe se preparou para ouvir o discurso sentimental de garoto sensível que certamente viria a seguir. Sobre como os movimentos eram relaxantes, como se sentia em contato com as pessoas de antigamente, como algumas culturas indígenas faziam algo espiritual com agulhas de tricô, como talvez ele abrisse uma loja algum dia e como tricô era bom para ensinar crianças pobres a desenvolverem autoestima...

Mas o garoto já tinha se virado para ir embora.

— Bem, até mais — disse ele com um meio sorriso bonitinho enquanto alcançava a maçaneta. Seus olhos enrugavam a parte de cima da bochecha, onde a pele era repuxada por uma cicatriz sexy que ia do lado de fora do olho até a maçã do rosto.

Chloe acenou e o observou ir embora. Parte dela se sentia um pouco insultada; não era uma garota jovem e gostosa que tinha atraído a atenção de dois gatos nas últimas 24 horas? E o Sr. Gatinho sequer deu bola. Era o *aniversário* dela, pelo amor de Deus. Face ao castigo iminente, o destino não lhe devia algo de bom?

Então a bunda dela vibrou.

Chloe precisou caçar minuciosamente o celular no bolso traseiro do jeans vintage. Como era masculino, tinha um retângulo previamente marcado, onde alguém algum dia tinha levado a carteira. Depois que entrava, o telefone cabia direitinho. Tirá-lo quando não estava em pé era quase impossível.

Mensagem de texto: *Carluccis às 7.*

Carlucci's era o nome do restaurante onde Chloe e Amy haviam se conhecido assim que os Scotkins se mudaram para o bairro. Talvez conseguisse comer uma pizza decente naquele dia. A melhor parte do trabalho de Chloe era que a Pateena's pagava em dinheiro ao fim de todos os dias. Ela teria vinte dólares inteiros para gastar em uma pizza com todos os ingredientes que tinha direito.

O restante da tarde passou sem incidentes, a não ser quando Chloe precisou esconder uma calça de veludo roxo desbotado que ela sabia que Amy adoraria. Normalmente a dona não achava ruim os empregados reservarem itens para si mesmos. Marisol era a chefe mais legal que Chloe já tivera. Até a deixava usar a máquina da loja para desfiar as próprias calças e outras coisas. Mas se Lania visse a calça, ou se gostasse dela, com certeza causaria problemas. Chloe as escondeu sob uma pilha de camisas de boliche de poliéster quando foi embora.

Ao se aproximar do restaurante em meio à névoa úmida, viu que as janelas do Carlucci's brilhavam como se estivessem acesas com lanternas a gás e ele fosse um restaurante deslocado no tempo. Na verdade, era só um pequeno restaurante italiano com velas arrumadas dentro de garrafas antigas de vinho Chianti, como todos os outros restaurantes italianos do mundo, mas esse era de Chloe e de Amy, e era aconchegante; às vezes o dono velho e maluco até se lembrava delas.

Quando Chloe abriu a porta, parecia haver ainda mais velas do que o normal.

— *Parabéns pra você...* — cantou Amy, desistindo sabiamente depois da primeira frase desafinada. O rosto animado da amiga de Chloe estava iluminado de forma assustadora pelas 17 velas em torno da borda da pizza com todos os ingredientes que tinha direito. — Assopre logo — acrescentou ela. — O Carlucci acha que vou colocar fogo no lugar.

Chloe riu, feliz; algo que não se lembrava de ter feito há dias. Então tomou fôlego.

Eu desejo...

Eu desejo...

Costumava ser tão fácil: paz mundial, o fim de todos os desastres ambientais no mundo, a habilidade de voar, um cachorro. Seus desejos pareciam ficar mais complexos conforme ela crescia: que o pai voltasse. Conhecer os pais biológicos. Um irmão ou uma irmã. Pensando melhor, talvez a pegação recente fosse alguma coisa do tipo substituição-de-amor-masculino. *Ecaaa...*

— Chloe?

Ela acordou do devaneio.

Eu desejo uma mountain bike nova.

Não, espere, *a paz mundial.*

Então assoprou, tentando não cuspir na pizza. Chloe viu, maravilhada, que Amy já havia pedido três latas do tradicional refrigerante Nehi de uva para cada uma.

— Você é a melhor, Amy.

— Ei, tranquilo. — Elas não se abraçaram; Amy detestava coisas do tipo. Em vez disso, sentaram-se e deram início ao sério trabalho de devorar fatias com calabresa, cebola, pimenta, tomate, pepperoni, alcaparras e azeitonas pretas tão depressa quanto era humanamente possível. Chloe deliciava-se, murmurando:

— Esta pizza é a melhor coisa que aconteceu comigo a semana inteira. Bem, a não ser por ontem à noite. — Ela engoliu e olhou para Amy, mas a amiga não mastigava mais.

— Sério? Está falando da queda? Aquilo *foi* realmente assustador.

— Não, depois. Na noite passada. *Depois* que mamãe deu o maior ataque. — Mas Amy não prestava atenção. Chloe suspirou, finalmente cedendo ao olhar distraído e desesperado da amiga que ansiava por compartilhar alguma coisa. — Tudo bem, o que é mais importante do que a minha vida no meu aniversário?

— Paul e eu ficamos ontem à noite! — disparou Amy, cobrindo a boca de repente como se não quisesse que as palavras escapassem.

Chloe engasgou. Precisou de metade do refrigerante para recuperar o fôlego e a habilidade de engolir. De todas as coisas que Amy poderia ter contado, aquela era definitivamente a que Chloe menos esperava. Claro, Amy e Paul estavam trocando muitos olhares no dia anterior, mas, caramba, eles se conheciam desde o terceiro ano. Era como namorar um irmão. Um irmão *muito nerd*.

— Vocês o quê?

— Depois que deixamos você em casa, fomos para a casa dele. — Fácil de visualizar: Amy e Paul no minúsculo quarto dele, cercados por prateleiras lotadas de discos e pelo equipamento de DJ. Juntinhos no chão. — Quero dizer, aquilo deixou a gente assustado, sabe? — Amy encarou a amiga. — Você poderia mesmo ter morrido. Quero dizer, o fato de ter sobrevivido é simplesmente... Incrível. Como se você tivesse recebido uma segunda chance, ou algo assim. — Chloe implorou silenciosamente para que Amy não começasse com a baboseira sobre anjos; de repente *não* parecia o momento certo. — Tipo, parece idiota, clichê total, mas foi como se nós tivéssemos percebido como a morte quase nos tocou. Dizer as coisas enquanto pode, sabe? Caso jamais tenha a oportunidade. — Ela respirou profundamente. — Então, estávamos falando sobre, sabe, as coisas profundas da vida e, hã, então... Bem, e então...

— Vocês se pegaram.

— Basicamente, sim. — Amy estava corando? — Mas não foi só isso. Quero dizer, eu gosto muito dele, sabe? Crescemos juntos, ele é como família, então existe esse tipo de amor, mas eu nunca tinha achado ele sexy antes...

— Ai, meu Deus — falou Chloe. — Está dizendo que o acha sexy *agora*? Ainda? Vinte e quatro horas depois?

— Não sei. Quero dizer, talvez.

Elas mastigaram em silêncio durante algum tempo. De repente, a obsessão de Chloe pelo cara sexy da boate e pelo flerte com Alyec desapareceram. Com Xavier foi só um beijo, embora longo e intenso, e se ela nunca mais o visse, aquilo seria tudo. E Alyec era só um flerte. Mas *isso* era sério. Isso afetava o Trio.

Se não fosse um relacionamento sério, ou se fosse, mas desse errado, ou se fosse apenas alguma reação estranha à noite anterior e um dos dois não sentisse o mesmo pelo outro, a amizade entre os três, outrora sólida, estaria condenada. Chloe não se animava com a ideia de ser a amiga entre eles depois do "divórcio". Ficaria uma clima muito esquisito. Tinha certeza de que seria um completo desastre.

Quando terminaram de comer, Amy pegou a conta que Carlucci deixou na mesa.

— Os milagres não vão mais parar? Primeiro eu sobrevivo à queda, e agora isso... — falou Chloe, se encolhendo instintivamente.

Mas Amy apenas franziu ligeiramente a testa e andou com a amiga até em casa, conversando sobre Paul o tempo todo. Somente quando estavam chegando à casa dos King que Amy pareceu se lembrar de Chloe.

— Você queria me contar alguma coisa? — perguntou Amy.

— Ah, nada importante. Quer dizer, não *tanto* quanto isso. — Chloe destrancou a porta e a abriu. — Quer subir? Podemos...

Havia uma multidão de pessoas bem-vestidas, conversando e caminhando por entre as salas de estar e de jantar na casa dos King. Aperitivos estavam passando; champanhe era servido em taças. Paul estava lá com os pais, assim como o Sr. e a Sra. Scotkin, alguns vizinhos e outros rostos familiares.

— Ai, droga — disse a mãe de Chloe ao se virar e ver a filha. — Surpresa!

Cinco

Duas taças de champanhe depois, Chloe começava a se divertir. Ainda que suspeitasse de que a festa fosse alguma armação psicológica da mãe para fazer com que a filha se sentisse amada, querida e valorizada, a Sra. King fizera um excelente trabalho, e Chloe tinha as três sensações. Ela se perguntou quando o castigo por matar aula e fugir do hospital chegaria, ou se ele também havia sido cancelado, em uma espécie de anistia.

A Sra. King não conseguira, no entanto, abrir mão dos elementos tradicionais de uma festa de aniversário como, por exemplo, servir o antiquado bolo com cobertura e compartilhar fotos constrangedoras de Chloe muito mais nova, e quase sempre nua.

Ah, e é claro, o brinde.

Assim que a mãe começou a dar batidinhas em uma taça, Chloe olhou em volta à procura do modo mais rápido de se livrar de ser o centro das atenções. Mas ninguém se movia; ela estava encurralada.

— Como muitos de vocês já sabem — começou a Sra. King, fungando —, não temos certeza de quando é exatamente o aniversário da Chloe.

A aniversariante fechou os olhos. Ela iria fazer aquilo. Iria contar a história toda.

A multidão aguardava ansiosamente.

— Ela nasceu em algum lugar no interior da antiga União Soviética. Quando *nós* a encontramos, a única coisa que as autoridades soviéticas puderam fornecer foi um documento com alguns rabiscos e um selo com a foice e a estrela.

A Sra. King apontou para o papel envelhecido e rasgado, colado com fita e emoldurado acima da mesa de jantar.

— David e eu queríamos tanto um filho... e fomos *tão* sortudos. Chloe era a menininha mais linda que já tínhamos visto. E ficou mais graciosa, bonita e inteligente em todos os sentidos desde então. — Chloe quase rosnou em voz alta. Amy olhou para a amiga, solidária. — E mesmo que tenhamos nossas pequenas... discussões, eu não poderia estar mais orgulhosa. E se seu pai — *tivesse segurado as pontas* — estivesse aqui, ele se sentiria da mesma forma. Chloe, eu amo você. Você é a melhor coisa que já aconteceu comigo. Feliz aniversário de 16 anos!

Todos brindaram e a abraçaram. Chloe murmurou agradecimentos, feliz pelo pior ter acabado tão depressa. Assim que o amontoado de pessoas ao redor dela se dissipou, Chloe foi até a mesa de aperitivos, encheu um prato e foi para um canto atrás de uma planta alta, de modo que pudesse aproveitar as especialidades do bufê em paz.

Duas pessoas passaram por ela, perigosamente próximas. Chloe congelou mas elas não pareciam tê-la notado.

— Lembra-se de como estavam brigando no final? — sussurrou a Sra. Lowe.

— Sim, o brinde de Anne foi tão diplomático — respondeu o pai de Paul. — Considerando que ele simplesmente se mandou daquele jeito.

— Será que ela conseguiu pedir o divórcio?

— Não... Foi como se ele tivesse desaparecido da face da Terra. Nunca mandou um centavo para Chloe. Mas claro que — considerou ele, refletindo — imagino que nem Anne nem Chloe estejam sofrendo.

Ambos ficaram em silêncio.

— Mais champanhe? — sugeriu finalmente a Sra. Lowe.

Chloe mastigava pensativamente um palitinho de aipo. Quando o pai ainda estava por perto, quando ela era nova, costumavam comemorar o dia da adoção da filha, que ocorria apenas algumas semanas mais tarde. Não faziam isso desde que o pai fora embora, no entanto.

Chloe deixou a segurança da planta para tentar circular; os convidados estavam ali para *ela*, afinal de contas.

— Então, onde está o mágico? — sussurrou Paul, aproximando-se dela e olhando em volta furtivamente. — Achei que haveria palhaços, passeios de pônei e coisas do tipo.

— Ela não é tão má *assim* — falou Chloe, surpreendendo-se ao defender mãe. Estava sendo uma festinha incrivelmente legal. Uma das amigas da mãe estava tocando violoncelo em um canto, o que era estranho, mas dava um ar sofisticado à coisa toda. Como se fossem ricos e ela fosse uma debutante, ou algo assim. Havia até um pouco de caviar de esturjão, mas não da espécie em extinção, dissera a mãe de forma orgulhosa. E, mais importante, uma linda *mountain bike* Merida, branca e cromada, com pedal elétrico para usar nas colinas mais cansativas de São Francisco.

Quem diria. Meu desejo se realizou. Ela se sentiu um pouco culpada pela paz mundial, no entanto. *Quem sabe no ano que vem.*

Paul estava tamborilando na base da taça de champanhe de forma tensa.

— Hum, Amy me contou — disse Chloe baixinho.

Ele imediatamente pareceu aliviado, exalando um suspiro profundo.

— Então está tudo bem para você?
— Em relação a quê?
— A nós... termos... você sabe...
— Bem, não — disse Chloe, lambendo caviar dos dedos.
— Quero dizer, como eu tenho essa quedinha por você desde que tínhamos 9 anos...
— *Tá bom*. — Paul ergueu uma das mãos. — É o bastante. Mensagem recebida.
Amy se aproximou deles.
— E aí, gente? — falou, um pouco nervosa. Amy e Paul trocaram sorrisos tímidos. *Tímidos!* Chloe viu as mãos dos dois se tocarem "acidentalmente" e Amy sorrindo, corando um pouco. Chloe estremeceu de leve. *Ai, meu Deus. Tudo bem. Vou ser a melhor amiga legal.*

Vou ser a melhor amiga legal.
Chloe repetia o mantra durante a aula de inglês no dia seguinte enquanto observava Amy e Paul tentarem arduamente não trocar olhares. Quem se importava? Por que estavam tentando manter segredo? Não era como se alguém na escola se importasse minimamente com aquele trio de amigos ou com o que acontecia entre eles. O Sr. Mingrone se virou para escrever um enorme A escarlate no quadro. Quando Amy aproveitou para jogar um bilhetinho para Paul, Chloe abaixou a cabeça. O topo da carteira de plástico cheirava a cola velha, grafite de lápis e outros odores menos identificáveis, porém igualmente desagradáveis. Mas tudo era melhor do que ficar assistindo a Paul e Amy.

Vou ser legal.
Paul era integrante oficial do jornal da escola, o que permitia que ele (e Amy e Chloe) tivesse acesso aos melhores

computadores e equipamentos do clube, assim como ao sofá velho e puído da sala semiprivativa. Quase ninguém a frequentava antes do fim das aulas, então eles podiam ficar ali durante o dia desde que Paul estivesse junto. Chloe decidiu usar o sexto tempo para colocar o sono um tanto perdido em dia.

Ela bateu, insegura, na porta de carvalho antigo e sólido, rezando para não pegar os dois melhores amigos se agarrando.

— Entre — gritou Paul com a voz do Capitão Picard. Amy com certeza não estava por perto.

Na verdade, quando Chloe entrou, Paul parecia estar trabalhando em algo para o jornal, sentado na beirada da escrivaninha e olhando um artigo.

— Posta de peixe crocante com queijo em todas as quartas-feiras do próximo *mês*. — Ele suspirou, jogando o cardápio do almoço para longe. Paul, Amy e Chloe acreditavam que as pessoas só liam o *The Lantern* pelo cardápio do refeitório e pela coluna da Sabrina Anne, quase sempre censurada.

— Por que não pede para a sua mãe embrulhar algo para o almoço? Manteiga de amendoim e *kimchi*. O café da manhã dos campeões. — Chloe atirou a bolsa com os livros, e depois a si mesma, no sofá.

— Até parece. — Paul esticou as pernas sob a escrivaninha.

Era estranho vê-lo desprezá-la daquela forma. Talvez fosse apenas uma mudança geral de comportamento que veio com essa coisa de ficar com Amy. Ele parecia calmo e confiante, como se estivesse relaxando em um trono em vez de curvado sobre uma escrivaninha. Na verdade, Paul estava muito bonito naquele dia. Vestia uma camiseta preta lisa e uma calça jeans larga que ia bem com seu corpo quadrado e compacto, muito melhor do que qualquer uma das camisas de boliche ou roupas de DJ que costumava usar.

Hã, o quê? Chloe de repente percebeu que estava *admirando* o visual do Paul. O velho e bom Paul, com a cicatriz de lábio leporino que repuxava o lábio para cima quando ele sorria. *Até que é uma gracinha, na verdade...*

Chloe se sacudiu.

— Então, o que está acontecendo? — perguntou ela rapidamente.

— Desde que você quase morreu e eu fiquei com Amy? Nada demais. — Ele a observou com certo interesse nos olhos castanhos. Chloe sentiu as palmas das mãos suando. Era uma sala pequena, separada do restante da escola; o fato de que os dois estavam sozinhos era uma terceira presença bastante palpável no recinto.

É só porque Amy gosta dele, disse para si. *Um tipo de competição.* No ar parado da sala, Chloe sentia o cheiro do desodorante e do sabonete que Paul usava, e, sob isso, um odor salgado que ela percebeu vir da pele dele. Pelo modo como estava sentado, seria muito fácil andar e se lançar contra ele; pareciam ter a mesma altura. Ela poderia passar os braços ao redor do pescoço dele, como fizera com Xavier, puxá-lo para si...

— Blá-blá-blá-blá... Ei, King, está ouvindo?

— Sim! — Chloe ficou de pé, tentando se livrar do desejo. — Não. Quero dizer, preciso ir. Eu, hã, me esqueci de entregar o trabalho para Mingrone. Merda, espero que ele não tenha ido embora.

Ela pegou a bolsa e foi até a porta.

— Acho que ele disse que podíamos entregar amanhã — gritou Paul. A porta bateu entre eles.

Vou ser legal.
Até parece.

No trabalho, Chloe se obrigou a analisar todos os garotos que entravam. Inclusive alguns gays. As coisas iam mesmo muito mal para ela ter quase chegado ao ponto de beijar o melhor amigo. Que pelo visto era namorado da outra melhor amiga.

Marisol não ajudava nada colocando a música "I Need a Man", do Eurythmics, nos alto-falantes da loja. Chloe pulou, culpada, ao ouvir o refrão.

— É tão óbvio assim?

— Querida, você está *pingando* hormônios por todo o meu chão limpinho. — A mulher mais velha sorriu para ela. Chloe desejou que sua mãe fosse mais como a gerente da loja. Ela sempre parecia entender o estado de espírito da funcionária imediatamente e, a não ser que fosse dia de liquidação, sempre se prontificava a conversar e a ouvir.

— Quem colocou essa merda velha? — gritou Lania, da seção de sapatos, com as mãos sobre os ouvidos de maneira horrorizada.

Chloe e Marisol trocaram olhares que diziam "fazer o quê...".

— Arrume um garoto, menina. Não está conseguindo se concentrar, é óbvio que sua atenção está em outro lugar — disse Marisol com uma voz amável.

Conforme Chloe pacientemente desfiava mais bainhas de calças jeans, pensava no que a chefe dissera. Talvez *pudesse* "se livrar" daquilo. Talvez estivesse precisando de um namorado legal.

Ou de uma visita ao Xavier.

* * *

Assim que encontrou a rua certa, Chloe tirou o cartão de visitas amassado do bolso traseiro. *Vou ter que trabalhar nisso.* Ela se imaginou vestida com um terninho executivo, em alguma época futura, apertando a mão de alguém e pegando o próprio cartão de visitas, todo amassado e engordurado. Verificou o endereço e olhou para a construção. Xavier devia ter dinheiro, ou estava hospedado com um amigo que tinha: era uma *bela* casa antiga, com três andares, janelas de madeira escura e em uma rua com árvores verde-claras e nenhum trânsito. É claro que os dois lados da rua estavam lotados de carros estacionados — bairro rico ou não, ainda era São Francisco.

A porta da frente estava entreaberta e havia um bilhete escrito à mão para a FedEx colado sobre a campainha. O saguão cheirava a lustra-móveis com aroma de limão. Havia apenas um apartamento por andar; Xavier morava no sótão. Que tinha cumeeiras. Chloe sempre sonhara em morar numa casa antiga de verdade como aquela, em vez de na casa de estilo rural com decoração cafona e acabamento externo de vinil. Subiu as escadas, deixando a mão deslizar pelo corrimão suavemente polido.

Mas à meia-luz das escadas, Chloe começou a questionar o que estava fazendo: indo sozinha até a casa de um cara mais velho e estrangeiro, ao pôr do sol, sem que ninguém soubesse onde ela estava. Ele poderia ser qualquer coisa: um estuprador ou assassino. Até mesmo um vampiro.

Ela fez uma breve pausa, mas a imagem de si mesma beijando Paul a fez continuar. *Não vou entrar. Ficarei no corredor e perguntarei se ele quer sair. Talvez para tomar um café.*

A porta de Xavier era de madeira escura, emoldurada, e tinha um olho-mágico de vidro. Chloe ergueu a mão para bater...

E percebeu que a porta estava ligeiramente aberta.

— Hã, oi? — chamou ela, dando um passo para trás.

— *Socorro...* — disse uma voz engasgada vindo de dentro. — *Socorro!*

Chloe hesitou. Poderia ser uma armadilha. Ele poderia sequestrar garotas e as estuprar e então vendê-las como escravas e...

— *Por favor... alguém...*

Chloe empurrou a porta e entrou.

O apartamento cheirava a doença e podridão, o que era esquisito em contraste com os móveis clássicos e limpos e a iluminação moderna e cara. Sob cada um dos pequenos frontões havia um nicho cuidadosamente decorado para se sentar e ler. *Exatamente como eu faria.* Chloe se obrigou a seguir o chiado.

Deitado sob o portal do banheiro, estava um Xavier muito diferente.

Vestia as mesmas roupas que estava na boate, duas noites antes, mas elas estavam rasgadas e puxadas, como se ele tivesse tentado arrancá-las do corpo. O rosto de Xavier estava cheio de bolhas, como a casca de uma toranja podre. As bochechas e a testa estavam inchadas e vermelhas e havia um líquido branco, linfa ou pus, escorrendo de feridas gigantes.

— *Socorro...* — Tentava gritar, mas a garganta estava tão inchada que ele mal conseguia respirar. Xavier murmurou e se virou, tentando se livrar da agonia. Então deitou-se de bruços e Chloe pôde ver as costas dele. Escorria líquido de cancros e ulcerações, longos como marcas de garras. Exatamente onde ela o havia arranhado e cravado as unhas do lado de fora da boate.

Chloe se afastou vagarosamente.

Preciso telefonar.

Sem pensar, como se estivesse em transe, Chloe encontrou um telefone sem fio na sala, sobre um daqueles enormes e caros purificadores de ar da Sharper Image, como o que a mãe dela tinha. Então discou o número da emergência.

Chloe recitou o endereço quando uma voz brusca e desinteressada atendeu.

— Há alguém aqui. Coberto de feridas. Mal consegue respirar. Parece que está morrendo.

Parece que está morrendo.

— Estaremos aí em breve, senhora. Qual é o seu telefone?

— Eu não... — Chloe olhou para o cartão de visitas e deu o número do celular de Xavier. Ao desligar, voltou-se para Xavier. Ele estava chiando e tossindo, os olhos cheios de cascas e quase cerrados. Ela se perguntou se ele conseguia vê-la, se a reconheceria.

Exatamente onde ela o havia arranhado.

Chloe esperou até ouvir sirenes se aproximarem, então saiu correndo.

Seis

A sexta-feira passou normalmente, e Xavier não foi mencionado em nenhum boletim de óbito ou de batidas policiais, então Chloe estava determinada a ter um fim de semana normal também. Livre de hormônios. Livre de garotos. Livre de quedas de torres e de estranhos ex-caras gatos agora doentes.

Ela acordou no sábado, serviu-se de uma enorme tigela de cereal e assistiu a desenhos novos (e bem ruins) por algumas horas. Estava um dia ensolarado, então Chloe fechou as persianas, exatamente como fazia quando era nova, para não ficar tentada a abandonar a luz da televisão pela luz do dia lá fora.

Às 14 horas encontrou-se com Amy no Relax Now. Ela havia sugerido casualmente à amiga na noite anterior que fizessem as unhas com parte do dinheiro que Chloe havia recebido de aniversário. Amy protestou a princípio, chamando o programa de um típico ritual burguês de classe média, como as imitações de produtos Burberry. Chloe disse à amiga para deixar de besteiras e aproveitar; nunca tinham feito isso e provavelmente jamais fariam de novo. Além do mais, ela estava pagando.

E Amy até pareceu bem animada, olhando para as próprias unhas enquanto secavam. Ela havia convencido a que parecia ser a mais artística das manicures a pintar a parte de baixo das unhas dela de preto, então colocar uma única listra preta estilizada como garra no meio de cada uma. Amy dobrava e esticava os dedos sob as pequenas lâmpadas.

— Grrr — disse ela.

Chloe ainda não tinha terminado. Optara pelo pacote de parafina quente, hidratação com vitaminas e superlimpeza, e estava fuzilando a manicure com perguntas: as unhas podem estar sujas mesmo que não pareçam? É possível carregar doenças sob as unhas? E quanto a fungos tóxicos?

— Sim, sim e sim — respondeu a mulher enquanto lustrava as unhas de Chloe com zelo. — Eu conheci uma menina uma vez que foi a um salão... não aqui, um lugar *sujo*.. fez o pé e depois precisou ter o dedão inteiro amputado. Uma infecção nojenta. De qualquer forma, isto vai cuidar de todos esses problemas. Você poderia usá-las para comer a partir de agora.

Chloe sentiu-se aliviada. E culpada. Esperava que Xavier estivesse bem. Precisava dar um jeito de visitá-lo depois.

Era engraçado, no entanto, ela ter conseguido transmitir algo como uma doença a um parceiro sem nunca ter transado. Engraçado em um sentido amplo da palavra, claro.

— Ficou *perfeito* — falou Amy, admirando as unhas. — Vamos ao Temple of Arts esta noite; isso vai assustar todos os imitadores de vampiros do lugar.

— Legal. Não vou lá faz muito tempo. — Chloe não tinha planos para aquela noite, a não ser, talvez, cozinhar com a mãe (programinha mãe e filha), algo do qual estava ansiosa para fugir. E seria uma ótima forma de superar o desejo esquisito que havia sentido por Paul no início da semana. Os três simplesmente passando um tempo juntos seria legal. — Prometi que ajudaria minha mãe com alguma receita estranha e complicada esta noite, mas lá pelas 9 ou 10 horas já devo ter terminado.

— Ah. — Amy encarou as unhas com mais atenção, corando. — Eu quis dizer, tipo, só Paul e eu. Como um encontro.

— Como um *encontro*? — Antes havia sido apenas uma sessão casual e intensa de beijos... Quando o status do relacionamento havia mudado? — Ah. — Chloe se mexeu, o que causou um tapinha da mulher que fazia as unhas dela. — Ah, tudo bem. Sem problemas.

Vou ser a amiga legal.

— Que tal amanhã? Podemos nos encontrar amanhã — sugeriu Amy ansiosamente.

— Não. Amanhã vou dar uma volta com minha bicicleta nova. — Decepção, vergonha e raiva tomaram a mente de Chloe, tornando difícil soar casual.

— O dia todo?

— Sim — respondeu ela com firmeza, encarando as unhas. — *O dia todo.*

Em casa, Chloe começou a sentir-se mal por ter desrespeitado o mantra "vou ser legal" quando Amy obviamente já estava constrangida com tudo aquilo. E tinha sido um pouco infantil. É claro que Amy e Paul queriam ficar juntos. Eles estavam *ficando*, burrinha.

Finalmente, Chloe mandou um e-mail:

Quer fazer alguma coisa sábado à noite? Alugar um filme ou algo assim... Bj, C.

Isso não a impediu de continuar emburrada, no entanto. Chloe ficou semiacordada na cama, com visões de Xavier, Alyec e, eca, Paul girando na mente dela, até que a mãe finalmente a chamou para ajudar com o jantar. Ela ficou em silêncio na cozinha.

— Tem alguma coisa errada, Chloe? — A mãe estava com um bom humor raro e altruísta.

— Não. — Ela esmagou um dente de alho com a lateral da faca para enfatizar.

A Sra. King olhou de soslaio para a filha, mas não falou nada.

O jantar estava fantástico, embora esquisito, assim como todas as tentativas de programa da mãe aos sábados à noite tendiam a ser. Enquanto a Sra. King cochilava no sofá da sala depois de comerem, Chloe ficou mudando de canal até parar em alguma novela à qual normalmente jamais daria atenção, mas que naquele momento mostrava um casal bonito se agarrando na praia à noite. Chloe assistiu desejosa, imaginando areia sob a própria cabeça e lábios de encontro aos dela.

— Como foi o passeio de bicicleta, Chlo? — perguntou Amy na fila do almoço, segunda-feira.

— Foi ótimo. — E tinha sido mesmo. Se não estivesse tão absorta pela raiva que sentia de Paul e Amy, e por quanto queria um namorado, teria sido perfeito. Chloe nunca havia notado quantos malditos casais felizes existiam em São Francisco. Se agarrando em público. Em todos os lugares. Ela procurou uma moeda no bolso sem sucesso e tentou enxergar algo de interessante no que a bruxa do almoço estava fazendo. — Você não respondeu meu e-mail.

— Foi mal — continuou Amy corajosamente. — A bateria do meu celular acabou. Só vi hoje de manhã.

— Sem problemas. — Chloe percebeu que não aguentava olhar a panela de gororoba avermelhada, o "chilli", sendo remexido pela mulher com bigode. Os feijões se pareciam estranhamente com baratas. Ela virou o rosto, mas não havia mais nada para ver na pequena fila além de Amy.

— Você... quer fazer alguma coisa depois da escola hoje? — Amy parecia um cervo diante dos faróis de um carro. Os olhos enormes brilhavam, dizendo *sinto muito*. — Eu sou péssima, eu sei.

Chloe resistiu.

— Por favor? Eu vou compensar. Você, Paul e eu iremos ver os leões-marinhos, como antigamente. Eu compro um sorvete pra você. *Por favor?*

Chloe não conseguiu evitar sorrir. Era Amy, afinal de contas.

— Ah, tudo bem. Mas quero de dois sabores, misturado.

— Combinado! — concordou Amy, sorrindo.

Plash. O momento de reconciliação foi interrompido por um monte de gosma vermelha que atingiu o prato de Chloe com um ruído nauseante, definitivamente nada parecido com comida.

— Próximo! — gritou a mulher do refeitório.

Quando Chloe e Amy saíram da fila do almoço, deram de cara com Alyec.

— King! — disse ele, sorrindo. — Quando vamos nos encontrar?

Chloe observou os lábios curvilíneos e exóticos do garoto. Sorrindo para *ela*.

— Que tal esta tarde? Meus amigos e eu vamos até o píer ver leões-marinhos. Quer vir? — Amy olhou, incrédula, para a amiga.

Era a pior, a mais tosca coisa que poderia ter imaginado dizer a Alyec. Mas quando as palavras saíram, soaram confiantes, e ela o encarava nos olhos.

Alyec arqueou as sobrancelhas; realmente parecia brega.

— Leões-marinhos, é? Bem, por que não? É de graça.

— Então está marcado — disse Chloe casualmente enquanto se dirigia à mesa. Amy a seguiu com a boca escancarada.

Paul e Amy estavam tentando se comportar, Chloe pôde perceber.

Amy estava sentada no colo dele sob a luz tênue do sol de fim de tarde. Sorrisos de satisfação estavam estampados no rosto dela e de Paul. Nada de pegação. *Então por que sinto vontade de vomitar?*

— Arp! —gritou um leão-marinho.

Chloe lambeu o sorvete de casquinha tomando o cuidado de pegar porções iguais de chocolate e baunilha.

A baía estava azul-escura e a ponte antiga exibia uma coloração vermelha enferrujada. Pequenas ilhas a distância apareciam e sumiam de vista conforme fileiras perfeitas de veleiros passavam diante delas. A multidão de turistas nem estava tão ruim assim.

Era quase perfeito. Quase. Alyec não estava ali.

E por que estaria? Por que qualquer coisa que eu quero daria certo? Quer dizer, era Alyec. Como Paul dissera, "jovem russo de olhar determinado e expressão séria". Por que apareceria em um encontro bobo com três não populares do colégio?

— Ei, olhem aquele! — Paul não estava apontando para um leão-marinho, mas para um dos poucos turistas. Só que esse era uma beldade: usava um chapéu com os dizeres Frisco e uma camiseta onde se lia Alcatraz, e tentava tirar uma foto do píer com uma câmera descartável amarela minúscula.

Foi a coisa mais emocionante que aconteceu desde que haviam chegado.

E agora o sol começava a se pôr. As brisas noturnas do oceano chegavam, jogando uma mecha de cabelo preto no rosto de Chloe. Ela afastou-a impacientemente.

— Querem ir a algum lugar, tomar café?— perguntou Paul, finalmente.

Chloe suspirou. *Pronto, sou oficialmente a vela.*

— Onde estão os leões-marinhos? Ou vocês estavam falando de turistas gordos?

Chloe se virou bruscamente. Alyec vinha caminhando no píer, as mãos nos bolsos, o rosto franzido conforme tentava distinguir os animais sob o que restava de luz.

— Aqui. — Chloe apontou casualmente para a água. Precisou de toda a força de vontade que possuía para não saltar e gritar o nome dele alegremente. *Sou legal*, repetiu ela, finalmente por um motivo diferente. Ele estava lindo de morrer em seu estilo casual naquela noite: camisa de botão aberta revelando uma camiseta, não usava meias. A luz do crepúsculo fazia com que o cabelo loiro dele parecesse mesclado de mel e castanho.

— Ah! Estou vendo agora! — Alyec parecia realmente interessado; o rosto dele se iluminou. — Muito legal. Não tínhamos nada disso em São Petersburgo. Ou talvez tivéssemos, mas foram todos comidos.

Chloe apresentou Amy e Paul. Alyec apertou a mão deles de maneira formal.

— Amy, acho que já vi você naquele café da galinha, o Black Rooster. Estava lendo poesias de sua autoria?

Paul pareceu um pouco irritado. Amy corou.

— Eu faço leituras de vez em quando.

Houve uma pausa longa e esquisita. Um leão-marinho entrou sorrateiramente na água. Outros logo começaram a segui-lo.

— Bem, foi divertido — falou Alyec olhando em volta. — Mas talvez devêssemos fazer outra coisa agora? Está ficando escuro demais para ver os leões.

Chloe tentou não dar risadinhas. Ficava tão fofo quando dito daquela maneira.

— Íamos tomar café — falou Paul.

— OK. E depois?

— A uma boate? — sugeriu Amy.

— Excelente! — Alyec apontou para Amy como se ela tivesse acabado de acertar a resposta em um programa de auditório. Então ele ficou sério. — Uma coisa da qual sinto muita falta de minha cidade natal é dançar. Poderíamos fazer isso toda noite, se quiséssemos. E de graça.

— Não sei se quero dançar esta noite... — Quaisquer que fossem os motivos de Paul, foram suprimidos por uma forte cotovelada de Amy.

— Parece ótimo — disse ela. — Chloe?

— Claro. — Ela se imaginou dançando com Alyec da forma como havia dançado com Xavier. Depois pensou em Xavier no estacionamento e depois no chão do apartamento, coberto por feridas. Ela suprimiu a culpa o mais depressa que conseguiu. — Hum... em qualquer lugar, menos na The Bank!

Alyec, Paul e Amy a encararam.

— Lá fica horrível às segundas à noite — continuou Chloe usando uma péssima desculpa. *E às terças e quartas e quintas e sextas.* Na verdade, ela ficaria feliz se nunca mais voltasse lá.

Para alívio de Chloe, eles decidiram ir à Raven, uma boate que tocava dance music boa, mas não tinha pista de dança. O que *tinha* era um monte de sofás velhos confortáveis e uma tendência a servir álcool para menores de idade. Também tinham um alvo de dardos, o qual Alyec e Paul dominaram instantaneamente.

— Olhe para eles — falou Amy, rindo. Paul estava fechando um dos olhos e mirando. Alyec estava de braços cruzados e com uma expressão séria. — Parecem homens das cavernas.

— Não acho que o cro-magnon tenha usado dardos para caçar mamutes. — Chloe bebeu um golinho da cerveja Hoegaarden. Alyec ficara impressionado com a escolha, mas não se ofereceu para pagar. O que era uma pena, pois tinha custado cinco dólares.

— Acho que ele se encaixa bem — falou Amy, se referindo a Alyec e ao trio de amigos.

— Não quero que ele se encaixe bem — respondeu Chloe com um pouco mais de ênfase do que pretendia. — Quero que ele venha até aqui, me leve para fora e me beije com vontade. — Ela bebeu dois grandes goles.

— Ai, meu Deus, uma Chloe superficial. Você quer *mesmo* um homem das cavernas lindo.

— Eu gosto de conversar — replicou Chloe. — Conversar é bom. Mais tarde. *Depois* de nos pegarmos.

— Bem. — Alyec sentou-se ao lado dela, aproximando-se pela parte de trás do sofá. — Dei a seu amigo uma liçãozinha sobre a elegância de perder.

Paul apenas resmungou e sentou-se ao lado de Amy, que se virou para recostar-se no colo dele. Alyec passou o braço em volta de Chloe sobre o encosto do sofá, e a tocava ocasionalmente quando queria enfatizar o que dizia. Ela se perguntou se ele fazia ideia de que a estava deixando maluca. *Provavelmente. Foi assim que ele conseguiu aquela multidão de adoradoras, não foi?* Chloe fez uma nota mental para que, não importasse o que acontecesse, não se deixasse acabar nessa categoria. Chloe era diferente delas, das Keiras e Halley Dietrichs do mundo.

Paul desafiou Alyec nos dardos mais duas vezes, sem ganhar. Amy mendigou por moedinhas para a jukebox. Chloe observou Alyec, bebericou da cerveja e, ocasionalmente, vetou as decisões musicais de Amy. Às 22 horas a mãe de Amy ligou e insistiu para que ela voltasse para casa e abandonasse qualquer coisa escandalosa que estivesse fazendo. Os quatro se separaram na esquina perto da boate, mas Alyec não se ofereceu para acompanhar Chloe até em casa.

— Vejo você na aula de Civilização Americana amanhã — disse Alyec. — Obrigado por me chamar para sair hoje. — Ele a beijou de leve na bochecha, então se virou e desapareceu na escuridão.

Foi legal. Um beijo *legal*. Muito *legal*. *Legal* demais.

Chloe sentia vontade de gritar.

— Você podia simplesmente usar uma camiseta que diz "Sou Fácil" — sugeriu Amy.

No fim das contas, Chloe ficou satisfeita por andar sozinha para casa. O ar estava seco e um pouco frio, exatamente como o clima de outono deveria ser. Brisas velozes empurravam as folhas pelo asfalto, produzindo ruídos secos. Nuvens passavam por sobre a lua. *Bem Halloween*. Pela primeira vez em dias os pensamentos dela desviaram de Xavier, da queda, e até mesmo de Alyec: ela imaginou o que Amy inventaria de fantasia naquele ano. Eram sempre espetaculares, complicadas e cheias de trocadilhos: no ano anterior, fora MC Ronald McDonald, com uma peruca vermelha, sapatos de palhaço e uma corrente de ouro no pescoço. Paul vestiu calça e jaqueta jeans, com um broche que exibia uma hélice de DNA e dizia "Gene" Egoísta. Chloe usou apenas um vestido de festa vintage com uma meia-máscara, a qual Amy ajudou a cortar e prender a um palito, de forma a parecer uma dama de baile veneziano.

— Ei, *sorria*, irmã!

Chloe acordou do devaneio e viu um dos muitos amistosos moradores de rua de São Francisco se aproximando dela. Era alto e devia ter uns 20 anos, com cabelo loiro e *dreads* ridículos para um homem branco. Suas roupas estavam imundas. Chloe forçou um sorriso e continuou andando.

— Ei, irmã, não pode me dar um trocado? — Ele correu, emparelhando com ela e estendendo a mão. — Preciso muito de uma cerveja. — O homem exibiu um sorriso cheio de dentes. A honestidade era inédita, e divertida, mas Chloe de repente percebeu que não havia mais ninguém na rua com eles e que todas as lojas estavam fechadas.

O Sentido de Aranha dela, como Paul chamaria, estava formigando. Ela apressou o passo.

— Não — respondeu ela.

— *Por favor*. — Ele segurou a mão de Chloe. — Você com certeza tem um trocado. Todo mundo tem.

Chloe puxou a mão.

— Sinto muito, não tenho.

— Aposto que tem. — Ele a segurou com mais força e a girou.

— Me solta! — gritou ela, encarando-o diretamente, do jeito que aprendera na aula de defesa pessoal que fez com a mãe. Ele colocou a outra mão sobre a boca de Chloe. Cheirava a suor, cachorro e xixi.

— Ah, vai, não seja assim. Podemos nos divertir um pouco. — Ele olhava para ela com malícia.

De repente, Chloe ficou com *raiva*, todo o medo desaparecido. O ódio queimava dentro dela: quem ele pensava que era? O que lhe dava o direito de fazer aquilo com *ela*, ou com qualquer um?

Chloe mordeu a mão do homem, agarrando um pedaço da carne da palma. Ela trincou os dentes e puxou a cabeça para trás, arrancando alguma coisa.

— Puta *merda*! Filha da *puta*! — Ele puxou a mão e ficou olhando para ela, chocado, enquanto jatos densos de sangue jorravam. Então ele acertou o rosto de Chloe.

Doeu *muito*. Mas ela não ligou. Virou-se, e, usando a própria mão do homem para se equilibrar, saltou e o chutou bem no peito.

O que foi estranho, pois não conhecia qualquer arte marcial e, na verdade, havia mirado na virilha.

Ele cambaleou para trás, sem fôlego.

Chloe esperou.

— Sua... — Ele investiu contra ela.

Chloe pulou para fora do caminho com facilidade e agarrou o cabelo do mendigo quando ele passou. Ela o puxou com muita força, fazendo o homem perder o equilíbrio, então se virou e o chutou na lateral conforme ele caía. Chloe canalizou naquele chute toda a raiva que sentia do mundo, dos amigos, de Alyec, do pai que a havia abandonado, da nota ruim que havia tirado em química, de tudo. Um ruído muito satisfatório de costelas se quebrando foi ouvido. O morador de rua se virou de bruços e Chloe o chutou do outro lado.

— Maldita... puta — chiava ele. — Vou te matar...

Chloe nocateou a lateral da cabeça dele. O homem apagou na hora. Sangue escorria da orelha até o maxilar.

Ela ficou ali, ofegante. *E agora? Faço uma ligação anônima para a emergência pela segunda vez nesta semana?*

Não. Ele não merecia. Chloe se virou e retomou a caminhada para casa.

A noite continuava igual: linda, fria e silenciosa. Chloe assobiava uma canção, ainda tomada pela adrenalina, então percebeu algo estranho.

Ela havia gostado de *todos os segundos* da briga.

Sete

A Sra. King só chegou em casa tarde, depois de a filha estar dormindo, então Chloe foi poupada do confronto quase inevitável a respeito dos arranhões e machucados nas bochechas. Ela dormiu sem sonhos até o despertador tocar, e conseguiu esconder o rosto da mãe até sair de casa.

— Que diabos aconteceu com *você*? — Era direto, mas ao menos Amy não tinha começado com aquela lenga-lenga de "sua mãe está batendo em você?" Estava fumando um cigarro de Bali naquela manhã, tentando parecer descolada ao jogá-lo no chão e pisar em cima dele casualmente quando se aproximaram da escola.

— Bati com a cara em uma porta. *De novo* — respondeu Chloe em tom trágico.

Amy bateu nela.

— Fui atacada por um mendigo quando voltava para casa ontem à noite.

Ela não tinha certeza se era uma boa ideia contar a verdade, mas depois de sequer mencionar sua noite sozinha na boate, *ou* Xavier, Chloe estava começando a se sentir desconfortável com a quantidade de omissões e de meias-mentiras a que vinha submetendo a amiga.

— Ai, meu Deus. Você está *bem*? Espere, o que estou dizendo? Esta é a Chloe King que sobreviveu à queda da Coit

Tower. — Amy levantou uma das sobrancelhas e balançou a cabeça.

— Eu desci a porrada nele — gabou-se Chloe, sem se conter.

— Ah, é? E qual episódio de *Buffy, a caça-vampiros* foi esse? Ou, mais importante, sob efeito de qual droga ele estava?

— Ei! Atribuo isso à minha incrível força, aos meus reflexos rápidos como raios e àquele curso de defesa pessoal que fiz.

— Aham — disse Amy, fingindo concordar. — Então. Sob efeito de qual droga ele estava?

Por que Amy não acreditava nela? Era tão inacreditável assim que ela tivesse conseguido se defender muito bem de um agressor? Chloe relembrou a luta. O homem era grande, tinha uns 1,80 metro, mas era magricela. Obviamente estava morando nas ruas fazia um tempo. Ela tentava enxergar a cena pelos olhos de Amy. Parecia crível, quase como um cenário da aula de defesa pessoal... até a parte em que, sem qualquer treino, Chloe deu aquele chute alto no peito do homem. E que, em vez de fugir, ela terminou a luta.

Chloe suspirou.

— Devia ser heroína ou algo assim.

A aparência previsível da posta de peixe assada com queijo na quarta-feira era surpreendentemente reconfortante. Embora fizesse Chloe querer vomitar, o almoço parecia indicar que tudo voltara ao normal. Claro que Amy e Paul desapareciam de cena sempre que podiam — Chloe estava convencida de que algum dia os dois seriam um daqueles casais que ela via se agarrando no meio do corredor, a caminho da sala de aula. Ao pensar nisso, começou a andar mais rápido no período entre as aulas, e com a cabeça baixa.

Amy conseguiu *mesmo* arranjar cinco minutos para conversar, durante a caminhada entre a escola e o trabalho na quarta-feira, levando um *latte* para a amiga, o primeiro de muitos dos quais Chloe chamava "presentes de culpa". Elas conversaram sobre uma coisa ou outra, mas havia sempre o mesmo problema.

Chloe queria *conversar* sobre as coisas — como a queda. Como a briga com o mendigo. Como Xavier, pelo amor de Deus. Mas elas estavam tão afastadas nos últimos dias que sempre eram necessários alguns minutos para se conectarem de novo, até Chloe se sentir confortável o bastante para falar *de verdade*, e sempre que esse momento chegava, uma delas, em geral Amy, precisava ir embora.

Na Pateena's, Marisol tinha ligado a antiga televisão em preto e branco — umas das quatro distribuídas pela loja que exibiam imagens psicodélicas de acordo com as músicas que saíam dos alto-falantes. Alguma série sitcom idiota estava passando enquanto a chefe organizava as fitas. Chloe assistia distraídamente durante o intervalo, checando os obituários mais uma vez à procura de Xavier. O programa de TV era sobre um cara normal e uma hippie, e o caos cômico que se instaurava por causa das diferenças dos dois.

Chloe subitamente imaginou uma versão diferente de sua mãe: uma Sra. King meio bobinha, meio hippie de São Francisco que arrastava a filha para eventos horríveis como círculos de tambores e noites dedicadas às deusas. Talvez fosse dona de uma livraria. Seria uma pessoa doidinha, mas fácil de lidar, e faria observações relevantes a respeito de garotos quando Chloe se abrisse enquanto tomavam uma caneca de chá indiano. Nada negativo. Nada como "não saia com eles", por exemplo.

Do pouco que se lembrava, e do que haviam contado a ela, o pai era uma pessoa mais parecida com isso. Um benfeitor moderno, um advogado de defesa que trabalhava com imigrantes durante o dia e levava a mulher para bailes beneficentes à noite. Chloe tentou imaginá-lo no Carlucci com ela, as áreas do rosto de que não se lembrava compostas por partes de fotos dos álbuns antigos. Ele diria a ela que garotos eram terríveis, e que sabia do que estava falando, pois havia sido um. Ele coraria, mas tentaria levar na esportiva quando Chloe falasse de Xavier. Ele se interessaria pelo fato de Alyec ser russo. Deveria, considerando que fora ideia *dele* adotar uma órfã nascida em uma nação da antiga União Soviética. No momento, Chloe sentia que não tinha *ninguém* com quem conversar.

— Oi.

Um par de orelhinhas de gato pretas de tricô apareceu acima do balcão onde ela trabalhava. O cara que as usava estava nas pontas dos pés, acenando para Chloe.

— Oi — disse ela, sorrindo.

— Acho que vou comprar um *terno* inteiro desta vez — falou ele. — Ou somente um blazer — acrescentou.

— Lania é nossa funcionária tipo *Queer Eye For the Straight Guy*. Ela pode ajudá-lo a escolher algo profissional e fabuloso, se você não se importar com a reclamação constante.

— Ah. — Sob a luz solar que entrava, os olhos dele eram quase verdes e muito profundos, como um peso de papel de vidro daqueles casos.

Chloe tentou desesperadamente pensar em um modo de continuar a conversa.

— Ei, aliás, acho que quero o molde do seu gorro, sim — disse ela. — Minha amiga Amy tricota e está me devendo um presente de aniversário.

— Ah! Claro! — Ele saiu das pontas dos pés ao perceber que podia simplesmente dar a volta no balcão. O garoto vestia uma camiseta verde-escura com calça jeans e sapatos pretos tipo europeu, com a ponta quadrada. Um estilo muito cigarro de Bali: sombrio e misterioso. Os ombros eram mais largos do que haviam parecido no outro dia, e ele levava um exemplar de *Ulisses*, de James Joyce, sob o braço.

— Vou trazer.

— Sim, seria ótimo.

Houve um silêncio entre eles por um momento.

— Ou — completou ele —, eu poderia levar você para tomar um café depois do trabalho algum dia e entregá-lo.

Chloe sorriu.

— *Isso* seria ótimo.

— Que tal amanhã?

— Com certeza!

— Sou Brian, hã, aliás.

— Sou Chloe. Prazer. — Ela fez um olhar sério e estendeu a mão. Ele a apertou.

— Chloe, como o mito grego de Dafne e Cloé?

— A própria — respondeu Chloe, surpresa por ele o conhecer.

— Sabe — falou Brian, olhando para a seção do jornal que ela estava lendo —, nem todo mundo que morre acaba nos obituários.

— O quê? Ah. — Ela corou, com o pensamento acelerado. — Eu... acho que sou mórbida mesmo. Gosto de, hã, ver como estão os velhos quando morrem e tal.

— Tente fazer as palavras cruzadas em vez disso — sugeriu ele, sorrindo. — Impressiona, e é pomposo quando se faz a caneta.

Chloe sorriu.

— Talvez eu faça isso.

Ela ficou até tarde para ajudar Marisol a fechar a loja, olhando constantemente para o relógio de maneira tensa. Agora que as novas temporadas das séries haviam começado, quarta-feira era dia de *Smallville* e de pedir comida, uma tentativa da mãe de se conectar à filha via nova geração da TV a cabo. Uma das tentativas mais bem-sucedidas, na verdade, pois Chloe adorava *gyoza* e Michael Rosenbaum. Além disso, desde a festa surpresa de aniversário, ela e a mãe pareciam estar se dando bem melhor, algo que Chloe não queria estragar.

Quando finalmente ajudou Marisol a baixar o portão antifurto, eram 19h45. De jeito *nenhum* o ônibus a deixaria em casa na hora. Quase 5 quilômetros de ônibus levavam uma eternidade.

— Aqui está. — Marisol entregou a ela uma nota de 10 dólares.

— Mas eu só fiquei uma hora a mais — protestou Chloe.

— Shh! — A mulher enfiou a nota na mão de Chloe e a fechou ao redor dela. — Pegue um táxi até sua casa. Tenho uma filha de dez anos que um dia terá a sua idade. Fico assustada ao observar você e Lania. Vá em segurança.

— Você tem uma filha? — Chloe se sentia duplamente envergonhada por pegar o dinheiro agora, tendo acabado de descobrir uma parte importante da vida da chefe sobre a qual nada sabia até então.

— É. Ela está com o pai esta semana. Aquele filho da puta preguiçoso ao menos ama a filha. Vejo você amanhã. — Marisol jogou o enorme cabelo castanho escuro sobre os ombros parecendo uma mulher mais nova, como uma garotinha, alguém que não tinha uma filha de 10 anos, um ex-marido e o próprio negócio. Ao atravessar a rua, estava praticamente saltitando.

Chloe olhou para a nota de dez na mão e pensou sobre as diferenças entre sua mãe e sua chefe, e na menina de 10 anos sobre a qual nada sabia até então, que dividia a vida entre os pais. Como Paul fazia agora. Chloe nem teve essa opção.

Ela olhou em volta: as ruas estavam livres dos habituais carros, que dirá táxis. Uma breve lufada de ar frio soprou no nariz dela, seca e rascante. Quando a corrente de ar se foi, Chloe reparou no calor provocado pela cidade, no cheiro biológico das árvores, da poeira e dos humanos, homens e mulheres correndo, agitados, felizes pelo dia de trabalho ter chegado ao fim.

Chloe começou a trotar, uma corridinha metódica que fazia na aula de Educação Física, de modo a se exercitar o mínimo possível sem ser notada. Os seios dela quicavam de forma desconfortável dentro do sutiã, que não era apropriado para corridas.

Então, sem pensar, alargou os passos e *correu*.

Correu como se o corpo estivesse esperando a vida inteira por aquilo, como se estivesse presa à linha de largada até aquele momento. Nem precisou pensar no movimento dos braços ou na posição dos pés e pernas como o Sr. Parmalee sempre gritava. Ela correu a passos largos, ultrapassando as pedras de concreto cor de baunilha com pés famintos. E quando os passos não eram largos o bastante, ela saltava.

Casas passavam em borrões, carros estacionados pareciam estar se movendo. Chloe pulou cinco hidrantes e pequenos arbustos, não com um pulo normal ou alto, mas tomando impulso com os braços dobrados junto às laterais do corpo, como que para atenuar a queda caso ela caísse de forma errada.

Mas jamais caiu.

Quando atravessou a rua, o fez no meio do quarteirão, saltando e caindo sobre o capô de um carro que bloqueava a calçada. Ficou feliz ao ouvir o alarme disparar. Dali, viu-se usando um *parquímetro* como degrau para a calçada, com o pé esquerdo pousando delicadamente sobre ele por um momento antes de o pé direito alcançar o chão.

A energia, a força e a velocidade que sentia eram exatamente como na luta com o mendigo, mas duraram mais. Não era apenas uma descarga de adrenalina. E não havia raiva, fuga ou briga, apenas o puro prazer do movimento, de praticamente voar pela noite deserta.

Chloe cortou caminho por um estacionamento vazio, certa de que era o caminho mais rápido para casa. Ainda que não houvesse lua naquela noite e nenhum poste na área, conseguiu pular pneus abandonados, poças de vidros quebrados e plantas de aparência desagradável sem nem roçar em qualquer obstáculo.

Quando finalmente pulou pelos degraus da casa e entrou, não estava nem mesmo ofegante.

— Bem na hora — disse a mãe, sorrindo. Ela estava servindo caixas de comida chinesa.

O relógio da TV marcava 19h57.

Oito

— **Oi, Alyec** — chamou Chloe, acenando para ele do outro lado do corredor na manhã seguinte.

— Oi, King. — Alyec acenou de volta, mas se virou para continuar a conversa com Keira. Chloe quase podia *sentir* a presunção de Keira quando Alyec a dispensou. Enfurecedor. Chloe continuou seu caminho discretamente, como se nem tivesse parado. É, ela deveria estar satisfeita com Brian. Mas Alyec era *gostoso.* Sexy. Lindo de morrer. De gerar cobiça. Chloe arriscou um olhar para trás e avistou o cabelo loiro como trigo (ou seria centeio? O que plantavam na Rússia?) cair em ondas sobre as sobrancelhas, como o babado de um travesseiro caro. *Talvez eu devesse contar que também sou russa.*

Ou talvez, pensou ela, talvez devesse escolher um garoto e ficar com ele. Ou ir atrás de Alyec, ou continuar com Brian.

Não... assim é bem mais divertido.

— Oi. — Paul acenou para ela em meio à multidão de adolescentes que seguia o fluxo na direção oposta, pelo lado esquerdo do corredor. Ele se posicionou em um espaço aberto perto de Chloe. — Alguma queda de um prédio alto ultimamente?

— Saltei de paraquedas do Transamerica Pyramid, isso conta?

— Nós estávamos pensando em ir ao fliperama, no Sony, mais tarde — prosseguiu Paul. *Desde quando ele e Amy haviam se tornado "nós"?* Amy e *Chloe* eram "nós". Amy, *Paul* e Chloe eram "nós". Ela deveria presumir, dali em diante, que sempre que os amigos usassem o pronome estavam se referindo somente a si mesmos? — Quer ir?

Ah, agora estou sendo convidada *aos lugares por eles. Pobre vela.*

— Não, obrigada, já tenho planos. — Ela não sabia se olhos cor de mel podiam parecer frios, mas tentou ao máximo, tornando o rosto inexpressivo e com ausência de emoções. Tinha praticado aquela expressão diante do espelho. Combinava com as maçãs do rosto acentuadas.

— Planos? — perguntou Paul. As sobrancelhas dele se elevaram quase até a franja desfiada.

— Sim, *planos*. Talvez outro dia.

E foi embora.

Claro, ela sabia que o assunto não morreria daquele jeito; *esperava* que não morresse. E, de fato, foi retomado durante a aula de matemática na forma de uma mensagem de texto de apenas um caractere enviada pela Amy: *?*

Chloe respondeu: *Mas obrigada pelo convite.*

Amy: *Qual é o problema, sua pentelha? Vai pelo menos na leitura, sexta, 7h, no b. rooster. Pooor favoooor! :) Pode levar Alyec.*

Ah, tá, só se Chloe quisesse que Alyec nunca mais saísse com ela ou os amigos de novo. A poesia de Amy podia causar esse efeito nas pessoas.

Chloe guardou o telefone; não queria lidar com aquilo.

Brian apareceu na Pateena's precisamente às 18 horas.

Chloe estava apoiada na entrada, lendo o obituário minuciosamente. Nenhuma menção a Xavier.

— Para onde? — perguntou Chloe, enfiando o jornal na bolsa.

Ele parecia ter se arrumado um pouco. A calça era de um tecido macio, preto e fosco, quase como veludo. Lã? *Plush?* Chloe resistiu à vontade de tocá-la. *Será que ele gosta de dançar...*

— Pensei... no zoológico? — Ele olhou para ela, esperançoso, os olhos castanhos bem abertos.

— O *zoológico?* — O café e o jantar íntimo se esvaeceram. — Não está fechado?

— Não. Não até às 20 horas. E sou associado, então entramos de graça.

O zoológico... Pensando bem, fazia anos que Chloe não ia, ainda que ficasse relativamente perto. E ninguém jamais tinha se oferecido para levá-la.

— Tudo bem, mas você vai me dar uma caneca de suvenir.

— Ei, é *você* quem tem emprego aqui.

— Mas foi *você* que me chamou para sair.

— *Touché* — admitiu Brian. Era tão fácil conversar com ele! Aquela era a terceira vez que se falavam e já estavam brincando um com o outro como velhos amigos. — OK, uma caneca de suvenir para você. Mas, se por acaso achar que a noite está indo bem, eu não me importaria se *você* comprasse para mim um macaco de pelúcia.

Chloe sorriu.

— Combinado.

Não havia muita gente do lado de fora do zoológico, apenas famílias indo embora, e tudo o que Brian precisou fazer foi mostrar o cartão para o guarda e apontar para Chloe, e os dois entraram. Muito melhor do que o calor, as filas e as multidões das memórias de infância que Chloe tinha do lugar. Também era legal ir ao pôr do sol: as árvores inclinadas projetavam sombras, fazendo tudo ali parecer ainda mais selvagem.

— Você está na faculdade? — perguntou ela finalmente, de modo casual, olhando um mapa. Ele não parecia ser *tão* mais velho do que ela...

— Ainda não. Estou tirando uns dois anos de folga.

— Então para que precisava daquele terno?

— Vinte perguntas! — disse ele, rindo. — Quero me formar em zoologia. Por isso, hã, o zoológico. Mas é uma faculdade difícil de entrar, a competição é acirrada. E eu não fui exatamente um... *aluno aplicado* no ensino médio, então achei que poderia ganhar um pouco de experiência trabalhando no zoológico ou com resgate de animais ou algo assim. Estou na fase de entrevistas agora. Ficaria surpresa com a quantidade de gente que quer um emprego porcaria, que paga mal e envolve catar bastante... bem... *cocô* de animais.

Chloe sorriu.

— Parece legal... Nunca tive um animal de estimação mais interessante do que um peixinho dourado ou um beta. Minha mãe é alérgica.

— Tenho quatro gatos — falou ele de modo convencido, e observou a inveja de Chloe. — Tabitha, Sebastian, Sabrina e Agatha.

— *Quatro?*

— Ah, isso não é nada. Quando eu era pequeno, tínhamos... — Mas a testa dele se enrugou e ele virou o rosto distraidamente.

— Quando era pequeno...? — insistiu Chloe.

— Tínhamos muitos. Animais de estimação — concluiu ele, sem jeito. — Muitos gatos. De raças raras, também, como o cornish rex e o maine coon.

Eles andaram pelas estradinhas aleatoriamente. Chloe *amava* ver o zoológico daquele jeito: de graça, sem pressão para ver todos os animais principais e metros quadrados antes que chegasse a hora de ir embora. Poderiam parar por quanto tempo quisessem para ver um casal de patos-reais que passeava pelo aviário e pular as atrações para as quais não ligavam sem se sentir culpados.

Mas Brian estava muito mais calado do que antes, a não ser quando mencionava factoides interessantes e hábitos dos diversos animais que viam. Ele mordia a parte interna dos lábios quando pensava que Chloe não estava olhando, como se tentasse decidir se dizia ou não algo mais.

— Então você teve muitos animais de estimação quando criança? — insistiu Chloe quando pararam para comprar para ela uma Coca Diet em uma caneca de plástico em formato de macaco. Ele pediu um *cappuccino* de máquina, algo que Chloe não faria nem se estivesse *morrendo* de fome.

— Sim, hã... — O rosto de Brian se entristeceu, perdendo completamente a animação que tinha enquanto falava de suricatos e casuares. — Minha mãe morreu — disse ele, finalmente. — E meu pai e eu... não nos damos muito bem. Ele tem um apartamento aqui na cidade, onde eu moro por enquanto, mas ele fica muito mais a trabalho na casa que tem em Sausalito. Não nos falamos muito. — Ele balançou a cabeça. — Mas isso é informação *demais* para um primeiro encontro. Você provavelmente só quer ter certeza de que não sou nenhum tipo de psicopata.

Chloe riu.

— Eu tenho um rato escondido — falou ela espontaneamente, deixando o clima mais leve.

— O quê?

— Um rato escondido. O nome dele é Mus-mus. Do nome científico de rato, sabe? *Mus musculus.* Minha mãe não sabe que o mantenho em uma gaveta da escrivaninha.

— Você mantém um *rato*? Na *escrivaninha*?

— É — disse ela, um pouco defensiva. — Ou minha mãe não deixaria.

— Isso é tão... fofo. — Ele olhou para ela, maravilhado, como se fosse a coisa mais encantadora que alguém já tivesse dito. Eles saíram da praça de alimentação, Chloe ruidosamente bebendo o líquido pelo canudo que empalava a cabeça do macaco. Uma placa sinalizava para pinguins, lontras e leões.

— Ei... — falou Chloe, lembrando-se de partes do sonho que teve logo após cair da torre. — Vamos ver os leões. Eu... sonhei com alguns recentemente...

— É?

— É. — Ela olhou para baixo conforme andavam, tentando combinar as passadas com as dele, mas as pernas de Brian eram bem mais longas. — Eu também não tenho pai — comentou Chloe. — E minha mãe é meio babaca.

— A mãe de *todo mundo* é meio babaca quando se tem 16 anos. — Ele riu. — Eu bem gostaria de ter conhecido a minha.

— Como sabe que tenho 16 anos? — perguntou Chloe, subitamente desconfiada.

— Não sabia. — Ele deu de ombros. — Foi mais um comentário generalizado. Não "você tem" 16 anos, mas "se tem", me referindo a qualquer um.

Ele bebeu um gole muito pequeno do *cappuccino*, mas mesmo assim conseguiu ficar com um bigode de espuma.

— No dia seguinte ao meu aniversário de 16 anos quase soquei meu pai — continuou Brian. Ele se empertigou e a encarou, desafiando Chloe a duvidar.

— Isso teria um efeito *muito* mais impressionante se você não tivesse leite por todo o lábio — respondeu ela, rindo. Chloe estendeu a mão com um guardanapo e limpou cuidadosamente, tentando não passá-lo pela boca de Brian com muita força. Estava duplamente feliz por ter feito as unhas: o gesto ficava duas vezes mais sexy. Ter fibras de jeans sob as unhas *não* seria atraente.

Brian corou e passou a mão pelo cabelo, desmanchando um cacho que caía no meio da testa ao estilo Super-Homem. *Com óculos e cabelo preto, ele passaria facilmente por Clark Kent.*

Ele é tão... gato!, pensou Chloe novamente, e não pela última vez naquela noite. Ela se perguntava quais eram as chances de alguém tão parecido com ela, tão bonitinho, tão encantador e engraçado, conhecê-la por acaso no trabalho. Se estivesse nos fundos da loja naquele dia, ou se Lania não tivesse sido tão maldosa com ele, ou... nunca teria acontecido. E mesmo que não pudesse mencionar Xavier e a doença que o acometeu em seguida — não era o melhor tipo de conversa para se ter em um primeiro encontro (*ou para qualquer situação, na verdade*) —, Chloe conseguia facilmente se vislumbrar conversando com Brian sobre outras coisas. A mãe, o pai, Paul e Amy, a experiência de quase morte...

— Bem, aí estão — disse Brian, indicando os enormes felinos amarelos.

Chloe colocou a mão na barra metálica. Sempre ignorara os leões por serem os elementos populares e inevitáveis de qualquer visita ao zoológico. Comuns, até. Mas agora os olhava mais de perto. Uma fêmea se levantou e caminhou languidamente até um córrego. Cada passo era casual; as espáduas se moviam para cima e para baixo lentamente. Não tinha como negar o poder dos músculos do animal. Por algum motivo, Chloe não ficou surpresa quando, depois de delicadamente beber um gole e deixar as gotas d'água penduradas nos pelos ao redor da boca, a leoa se virou e olhou diretamente para ela, olhos dourados encarando os olhos cor de mel.

— Nunca tinha reparado como são bonitos — sussurrou Chloe, incapaz de desviar o olhar.

Brian estava dizendo algo, cuspindo factoides sobre os enormes felinos, mas ela não ouvia. Podia sentir o sonho novamente, como se fosse real.

— ... sei tudo sobre esses caras. Na natureza, comem tipo cinco *quilos* de carne por dia, dormem por até vinte *horas*, e podem correr a velocidades de até 80 quilômetros por hora...

Vocês precisam de um deserto, pensou Chloe para os animais. A leoa não demonstrou ter ouvido ou se importado com ela. Caminhou de volta até as outras fêmeas e se deitou no chão de modo preguiçoso e pesado. Mordiscou a pata.

— Hã... Chloe? Chloe? — chamou Brian, agitando a mão na frente dela.

— O quê? Oi?

— Eu estava tentando impressionar você com meu conhecimento do *National Geographic* sobre grandes felinos.

— Ah, desculpe. Muito inteligente. — Chloe se virou para dar uma última olhada nas leoas. — Elas não matam pessoas, como o tigre de Siegfried e Roy?

Brian riu com desdém.

— Leões não costumam ser tão perigosos quanto tigres. Mas não são gatos domésticos também. Podem se sentir incomodados ou irritados, e mesmo os amigáveis, como esses, não têm noção da própria força comparada à dos humanos. Podem matar o tratador do zoológico ao tentarem brincar com ele.

— Ah. — Chloe pensou no último fato e em Xavier.

— Deveríamos ir embora, vão fechar em dez minutos.

— Ah, sim. Claro. — Chloe balançou a cabeça. — Preciso comprar seu macaco!

Brian sorriu timidamente.

— Não precisa de verdade...

— Claro que preciso, bobão. Foi uma ótima ideia para um encontro. — Ela sorriu.

— Encontro?... — perguntou ele, surpreso.

Chloe bateu de brincadeira no ombro de Brian. Conforme o crepúsculo ficava mais intenso e eles se dirigiam à entrada principal, Chloe sentia uma onda de energia dentro de si, o que a fazia saltitar, tagarelar incessantemente e tocar Brian conforme falava, sem se sentir envergonhada ou qualquer reserva quanto a isso. Até comprou um macaco extragrande para ele, com braços longos e Velcro, que permitia que fosse preso ao redor do pescoço.

Saíram no momento em que os portões se fechavam.

— Isso foi ótimo, obrigada por sugerir — disse Chloe com sinceridade. O ônibus dela estava chegando; Brian seguiria na direção oposta.

— Ah, legal. Que bom que gostou.

Ela esperou. Ele parecia estar procurando o ônibus de maneira ansiosa.

— Posso vê-lo de novo? — perguntou Chloe finalmente, um pouco irritada por ter precisado ser *ela* a tocar no assunto. Não tinha acabado de comprar um macaco para ele, afinal de contas?

— Ah, sim, claro. Se você quiser. — Ele olhou para ela, inseguro.

— Claro que sim! Não falei que foi, tipo, o melhor encontro que já tive? — O ônibus parou e as portas se abriram. — Não vai me beijar? — perguntou ela, a primeira coisa realmente ousada que dissera a noite toda.

Ele se inclinou e a beijou delicadamente na bochecha.

— Boa noite, Chloe — falou Brian, baixinho, então se virou e foi embora.

Chloe subiu no ônibus, sentindo a bochecha com os dedos, imaginando se aquilo seria o mais perto que chegaria de um garoto normal da idade dela com quem conseguiria ter um encontro.

Assim que se certificou de que Brian não estava olhando, desceu. Havia *outras* maneiras de chegar em casa. Ela tirou o casaco, amarrou em volta da cintura... e correu.

Dessa vez se concentrou em saltos mais ousados, às vezes correndo sobre uma fila de carros estacionados, pulando de teto em teto. Quando virou na rua e começou a correr por parquinhos, as cercas não se revelaram um problema: pulava sobre as menores usando a mão como apoio e saltava o mais alto que conseguia sobre as grades altas, jogando-se no alto delas e saltando até o chão, às vezes a mais de três metros de altura.

Um pit bull se esticou preso à coleira no quintal de um condomínio de casas; um lindo e bem-cuidado labrador amarelo latiu para ela, tentando morder as pernas de Chloe quando ela passou por ele. Até o shih tzu irritante da Sra. Languedoc uivou como um lobo quando Chloe finalmente chegou à entrada da garagem de casa.

— Kimmy, o que há com você? — Ela ouviu a vizinha brigando com o cachorro.

Chloe seguiu até a cerca vagabunda. Dessa vez estava ofegante e sentia cólica na parte inferior do abdômen — ela imaginou o quanto pagaria na manhã seguinte por esta breve sessão de exercícios. Enfiou a mão entre as barras de plástico para deixar o cachorro cheirá-la. Não tinham sido bons amigos no passado, mas ocasionalmente ela jogava salsichas cruas para ele, tentando fazê-lo se calar quando a Sra. Languedoc não estava.

Kimmy rosnou, recuou até uma distância segura e começou a latir de novo.

— Que seja. — Chloe deu de ombros e entrou.

— Como foi a sessão de estudos? — gritou a mãe que estava à mesa, onde pagava as contas no laptop.

Chloe precisou de um momento para se lembrar exatamente de qual mentira havia contado.

— Horrível. Não fizemos *nada*. — Ela jogou o casaco no armário, enojada. — Não sei por que Lisa fica convidando Keira. Ela só quer fazer fofoca e reclamar.

— Bom, se precisar de ajuda — a mãe de Chloe olhou para ela e sorriu —, eu era ótima em trigonometria.

Claro. Você era incrivelmente ótima em tudo.

— Obrigada. — Chloe deu um sorriso forçado e subiu em direção ao banheiro.

Sangue.

Na calça estilo boyfriend na parte da frente. Vermelho vivo. Na sua calça *boa*, de dez dólares.

O primeiro pensamento que lhe ocorreu foi que, ao esticar as pernas ao máximo para dar um dos gigantescos saltos sobre cercas, teria rompido o hímen.

Então, ao sentir mais umidade na parte de dentro da perna, percebeu o que era.

Merda. Finamente tinha ficado menstruada.

— Já estava na hora — murmurou ela, e começou a revirar o armário do banheiro. Deve ter sido isso que atiçou os cachorros. Devem ter sentido o cheiro de sangue nela. Finalmente encontrou uma caixa de absorventes, outra das coisas pela qual, caso não gostasse da marca que a mãe usava, teria que pagar do próprio bolso.

Preciso ligar para Amy, pensou. E sorriu.

Então sentiu cólica.

Nove

— Ei, onde você estava na noite passada? — Amy exigiu saber. Mais uma vez, ou o ônibus tinha chegado mais cedo ou algum funcionário da escola tinha se atrasado, e todos precisaram esperar *do lado de fora* até o primeiro sinal. Era uma manhã gelada de outono e, como muitos outros alunos, Chloe não estava vestida para uma longa espera ao ar livre; batia os pés no chão e enfiava as mãos fechadas nos bolsos, considerando pedir um cigarro a alguém.

— Tive um encontro — respondeu Chloe com frieza. Era fácil naquela temperatura.

— Com Alyec?

— Não. Com outra pessoa.

Amy observou a amiga por um longo momento. Estava vestida ao estilo *mod* naquele dia, tipo Austin Powers, com um enorme casaco roxo de pele falsa e óculos escuros enormes.

— Que porra é essa, King? — disse Amy finalmente. — Primeiro nem responde quando a convido para minha leitura de poesias e agora anuncia essa vidinha secreta...

Chloe sabia o quanto *desejava* saber o que responder. Como as pessoas na TV que sempre têm uma resposta boa, as palavras certas e a medida certa de indignação justa. Tipo:

— *Eu* tenho uma vida secreta? Desde que você e Paul começaram a namorar, é como se nenhum dos dois existisse mais. Mal nos vimos de verdade ultimamente, a não ser no meu aniversário, e de repente você está puta porque eu não vou para a leitura de poesias para a qual você tão *misericordiosamente* me convidou?

Ou, pelo menos, o sentimental e emocionalmente genuíno discurso que causaria o choro de ambas:

— Amy, eu tenho mesmo me sentido abandonada ultimamente. Sei que você e Paul de repente se tornaram muito importantes na vida um do outro, e respeito isso, mas *nós* somos amigas também. Muitas coisas têm acontecido na minha vida, coisas sobre as quais não tive a chance de conversar com você, que é minha melhor amiga. Eu preciso muito de você às vezes, e recentemente sinto como se não estivesse presente para mim.

Mas o que saiu foi:

— Irei à leitura de poesias. — resmungou, olhando para o chão.

— Ah. — Amy pareceu confusa, então aliviada. — Obrigada. Talvez *então* me conte sobre o amante secreto?

— É. Que seja. — Houve uma longa pausa. Chloe sentiu que aquele era um momento crucial, que poderia representar a abertura de um enorme abismo. Durante um segundo, ela ficou sem fôlego, como se estivesse à margem de um cânion ou no topo de uma torre, pronta para pular: nada de Amy irritante e pretensiosa *ou* de esquisitices com Paul, apenas uma lenta separação de caminhos atrás de si. À frente estariam Alyec ou Brian, as coisas novas que ela poderia fazer, a liberdade e a animação da noite.

Mas ainda não estava pronta para aquilo. Uma imagem das leoas no sonho e no zoológico se formou na mente de Chloe. Se fossem humanas, sequer deixariam algo pequeno ou bobo como aquilo tomar o tempo delas.

— Pode pedir ao Paul para chegar um pouco depois? — perguntou Chloe finalmente. — Nos dar um tempinho de garotas para colocar a conversa em dia?

A expressão de Amy amenizou-se.

— Sim, claro! Pode deixar. Chegue às 19 horas.

— Chegarei.

Ficaram em silêncio por um momento, a estranheza de emoções entre as duas.

— Então... Gostou do meu casaco? — perguntou Amy, afinal.

— Quantos Muppets morreram para fazer essa coisa? — replicou Chloe, sorrindo.

Chloe estava em estado de pânico quando Alyec a chamou no corredor. Não o ouviu, de tão exasperada que estava pela promessa que acabara de fazer. As leituras de poesias de Amy não eram para ser levadas a sério.

Chloe pensou, desesperada, em como poderia arranjar minúsculos fones de ouvido que pudesse colocar na orelha e tapar com o cabelo, pensou em ficar muito bêbada ou chapada, em pedir a uma das praticantes de *Wicca* malucas da escola que a pusesse em um transe antes da leitura. *Qualquer coisa* que pudesse fazê-la enfrentar aquilo com a sanidade intacta e uma expressão passiva.

Paul e ela às vezes davam as mãos durante as sessões, apertando-as para reunir forças e se distraírem durante as partes ruins, reprimindo um ao outro caso não conseguissem lutar contra a vontade de rir ou de se levantar e sair correndo e gritando do café. Por algum motivo, não achava que faria isso com Paul *desta* vez, no entanto.

Talvez eu possa perfurar meus tímpanos...

— Ei! Chloe!

Ela finalmente ergueu a cabeça e viu que Alyec estava acenando e gritando seu nome havia alguns minutos. Ele correu pelo corredor para alcançá-la.

— Desculpa. — Chloe balançou a cabeça. — Perdida em pensamentos.

— Sem problemas. — Ele a olhou de cima a baixo. De repente, Chloe ficou envergonhada pelos jeans velhos e a camiseta dos Strokes com um furo causado pela água sanitária. Até as calcinhas que usava eram as que tinham sobrado depois que tudo foi para a lavanderia: um fio dental horroroso e nada sexy. — Tentei falar com você na internet ontem à noite, mas você não estava on-line.

Eu? Você estava me procurando no chat, seu poço de frieza gostoso? Ele sorriu para ela, em parte confuso, em parte ansioso. Chloe imediatamente começou a pensar em alguma mentira que explicasse por que não estava on-line, uma que pudesse mantê-lo calmo e interessado, que encurtasse a conversa e a levasse a tópicos mais agradáveis.

Então percebeu o quanto ele estava próximo, invadindo o espaço pessoal dela, opressivo, olhando de cima. Meio pretensioso. Como se Chloe fosse o tipo de garota que *gostasse* de ser oprimida pelo cara mais sexy da sala no meio do corredor.

— Estava em um encontro — respondeu ela, dando de ombros.

— Tipo um encontro de estudos?

Ela quase riu da conclusão precipitada dele.

— Não, um encontro *de verdade*. — Chloe se virou e começou a caminhar para a próxima aula.

— Espere, o quê? — Ele correu para alcançá-la de novo. — Quem?

— Brian. Você não conhece.

— Ele estuda na Mary Prep?
Um brilho malicioso surgiu nos olhos dela.
— Não — respondeu casualmente. — Ele não está no ensino médio.
— King, você é uma bela provocadora. — Alyec suspirou.
— Provocadora? — Ela se virou e o encarou, finalmente.
— Hã, não vejo mais ninguém exigindo meu tempo.
— *Isso* é definitivamente provocador — gritou Alyec para ela conforme Chloe voltava a caminhar. — Se é que eu entendo a sua língua corretamente.
Ela acenou um *tchau-tchau* para ele de costas.

Mais tarde, ao pensar na conversa, Chloe teve de admitir que ficou animada com o modo como Alyec não demonstrou a menor intenção de disfarçar o pequeno *tête-à-tête* dos dois. Ele estava clara e ruidosamente atrás dela, no meio do corredor, e não pareceu se preocupar se as outras pessoas — nem mesmo Keira e seu grupinho — o ouviam. A escola inteira agora sabia que Alyec Ilychovich desejava Chloe King.

Era uma boa sensação, e fazia Chloe se sentir ainda mais confortável em relação ao dia frio do lado de fora enquanto estava dentro do café revestido de madeira grossa e veludo, com as mãos envoltas em uma xícara de cidra quente. Ela se acomodou na cadeira, fingindo não ver o microfone e o holofote sendo montados em um canto.

— Oooooi!

Amy entrou, olhou em volta, acenou para as pessoas que montavam o palco, beijou-os na bochecha e disse que falaria com eles em alguns minutos. Ainda que fosse um gesto pequeno, Chloe ficava satisfeita em ver que a amiga se importava com ela a ponto de dispensar uma multidão que de certa forma a adorava, para passar um tempo com ela. O que não impediu Chloe de erguer a mão bem a tempo de impedir que Amy a beijasse também. *Havia* limites. *A pretensão acaba aqui.*

— Então... Fala! *Quais?* Quais são todas essas coisas acontecendo na vida de Chloe King? — Amy se virou e gritou: — Quero um chá aqui, Earl Grey com limão!

— Bem, primeiro o mais importante. — Chloe se mexeu para a frente e para trás, desconfortável. — Que tipo de absorventes você usa?

A boca de Amy se escancarou.

— Ai, meu *Deus*. Você finalmente ficou *menstruada*?

Chloe se encolheu na tentativa de fazer o cabelo cair sobre o rosto. Ela sentia a área da bochecha logo abaixo dos olhos ficando quente e corada.

— Isso, conte para o mundo inteiro — murmurou Chloe.

— Ah. Hum, desculpe. Só estou... maravilhada. E feliz por você ser, tipo, normal e tal. Nenhum tumor esquisito nem nada. — Os olhos de Amy ficaram arregalados e inertes. — Você é uma mulher! Finalmente se juntou a nós no ciclo da vida e...

— Deixa essa merda de deusa pra depois. Estou desconfortável e com cólica.

— Tente os modelos míni que vêm com aplicador. Precisa trocar mais vezes, mas foi o que usei até começar a transar... — A expressão da amiga de repente se contraiu. — Nossa, você vai ter que começar a levar essa coisa toda a sério agora. Talvez tomar pílula. Camisinhas estouram, sabe, e você poderia ficar grávida...

— Obrigada pela palestra de educação sexual. Só precisava da parte relevante. Míni com aplicador. Entendi. Obrigada. — Ela olhou para a cidra e admitiu: — Além disso, não é como se eu já tivesse transado de verdade ainda... e isso não parece ser uma possibilidade em momento algum do futuro próximo.

— É, Paul e eu ainda não transamos também. Mesmo que estivéssemos nesse ponto, ele é, você sabe, antiquado e tal.

Chloe estremeceu. Pensar em Paul transando fazia com que lembrasse que Paul tinha um pênis, e o pênis de Paul era definitivamente algo no qual jamais queria pensar. Muito menos em Amy *e* Paul transando. Juntos.

— Sei que o negócio entre vocês é sério, e fico feliz por você — falou Chloe devagar —, mas seria legal se mantivesse algumas partes... para si, entende?

Amy piscou. Os olhos azuis a faziam parecer muito inocente.

— Com quem mais vou falar sobre isso?

— Você pode *conversar* comigo — respondeu Chloe —, mas censure as partes quentes, entendeu? Estamos falando do *Paul*. E, além disso — prosseguiu Chloe, pensando na desculpa perfeita —, acha mesmo que ele gostaria que *eu* soubesse dessas coisas a respeito dele? Fica todo vermelho quando falamos em ir ao *médico*.

— Não tinha pensado nisso — disse Amy depois de um longo momento. Ela brincava com o pingente em forma de punho no colar que já havia perdido a cobertura prateada há muito tempo devido a outros momentos nervosos. Chloe sorriu, lembrando-se de quando a amiga o ganhou, havia alguns anos, da avó... — Bem, e quanto a *você*? O que aconteceu com Alyec?

— Nada, ainda está na minha lista de "em observação".
— Chloe sorriu como um gato diante de um pires de leite. — É que conheci esse outro garoto, Brian. Ele aparece

na Pateena's de vez em quando. Muito gato. Vai trabalhar durante uns dois anos antes de se inscrever para as universidades. Acho que você ia gostar dele; tricota os próprios gorros. Saímos para tomar um café ontem à noite. — Não teve vontade de contar sobre a parte do zoológico; havia algo estranhamente pessoal a respeito daquilo. De um jeito legal. Não deveria ser compartilhado, nem com Amy.

Ei, ele não chegou a me dar o molde do gorro, percebeu Chloe.

Uma garota manequim 34, toda de preto, serviu uma xícara de chá com fatias de limão em uma molheira. Amy se ocupou em preparar o chá exatamente como gostava enquanto Chloe observava mais pessoas entrando e enchendo os cantos escuros do café como ratos enormes e silenciosos.

— Acho que aquela queda afetou você mais do que imaginávamos — disse Amy finalmente.

— Como assim? — perguntou Chloe, um pouco ofendida pelo modo altivo como a amiga falou.

— Por favor: dois garotos? Um é o mais popular da nossa turma e o outro nem está na escola? Você? *Chloe King*? — Amy balançou a cabeça. — Não é nada do seu feitio.

Que bom que não contei a ela sobre Xavier, concluiu Chloe.

Mas aquilo fez Chloe pensar: Amy estava certa. Antes, Chloe jamais iria atrás de *qualquer* um do grupo dos populares, não importasse quão lindo ou legal fosse. E um garoto que não era da escola? Que não era de *nenhuma* escola? Dois anos mais velho do que ela? Velho o suficiente para votar e ver pornografia? *Dejeitonenhum!* E quanto a ir a uma boate sozinha, seduzir um estranho e se pegar com ele nos fundos?

Chloe olhou para o colar de Amy outra vez, sua memória de repente voltando à menina que era na festa de Amy, quando as duas tinham 13 anos. Uma menina bem diferente.

— Estou desabrochando — respondeu ela com um toque de ironia na voz.

— Está mais para explodindo. — Amy se encolheu diante do olhar de Chloe. — De um jeito *bom* — acrescentou depressa. — Como é esse Brian?

— Alto, moreno, introspectivo, lindo, olhos castanhos, sorriso misterioso... Mas não me deu um beijo de boa-noite.

— Gay — concluiu Amy.

— Não captei uma *vibe* gay — respondeu Chloe, defensiva.

— Tudo bem, vai ver é apenas tímido.

— Ei. — Chloe de repente *enxergou* de fato o colar da amiga. Era estranhamente parecido com um gato deitado, um sorrisinho astuto no rosto. Ela franziu a testa e estendeu a mão até o pingente.

— Não se lembra? Vovó me deu quando voltou do Egito. No meu bat mitzvah.

— Sim, sim. Mas o que deveria *ser*, exatamente?

— Hum... uma deusa gata de algum tipo, acho. — Amy tirou o colar e tentou olhar para ele. — Bastet, ou algo assim? Foi quando eu estava totalmente obcecada por gatos, quando peguei o Faraó. — Era o nome original do gato preto que Amy resgatou de um beco. Agora ele era enorme e gordo e se chamava apenas Gatinho.

— *Ma chérie!* — gritou para Amy um homem que parecia um figurante de *Moulin Rouge*, com o cabelo seboso e uma longa echarpe branca. — Sua presença é requisitada.

— É... entregue isto a Paul quando ele chegar, tá? — Amy catou uma pasta marrom de dentro da bolsa jeans gigante. — Ele deixou lá em casa na quarta à noite.

Depois que a amiga se juntou aos outros poetas esquisitos, Chloe aproximou a pasta de si para que ninguém a pegasse ou se sentasse sobre ela. *Deixou na casa dela quarta à noite.* Os três costumavam assistir a DVDs baratos alugados na casa de Amy no meio da semana quando as coisas ficavam muito estressantes; normalmente musicais de Bollywood. Amy era a única que tinha TV no quarto. Faziam pipoca e assistiam a dançarinas vestidas de dourado e cor-de-rosa girando enquanto cantavam e a elefantes marchando, e se sentiam a bordo de outro mundo, um lugar muito mais interessante, além dos limites de Inner Sunset. Chloe se perguntou o que teriam assistido na noite anterior, ou se teriam apenas se agarrado.

Ela abriu a pasta: revistas em quadrinhos. Quarta-feira era o dia de revistas em quadrinhos, algo sobre o que ele falava incessantemente desde que tinham 9 anos.

Ela as folheou. Algumas tinham personagens familiares como Batman e Lanterna Verde, outras eram tão coloridas quanto, mas com heróis dos quais nunca tinha ouvido falar. Alguns tinham títulos como *Hellblazer* e estavam cheias de cenas incrivelmente nojentas de pessoas e demônios praticando violência extrema. Chloe havia aprendido a evitar olhar para essas há muito tempo.

Ela puxou algumas para fora; faltavam pelo menos 15 minutos até a sessão começar. Batman era conhecido, mas muito curto, e os anúncios eram mais intrigantes do que o roteiro. Então abriu outra sobre uma mulher chamada Selina Kyle e acompanhou os quadros em quatro cores das aventuras da personagem que pulava e corria pelo horizonte de Gotham City. Chloe sorriu, pensando em si mesma.

Então franziu a testa.

Será? Será que é isso o que eu tenho? Superpoderes?

Jamais havia pensado desse modo. Meio que fazia sentido, no entanto, olhando pela perspectiva de um quadrinho:

havia sobrevivido à queda que deveria tê-la matado, lutara contra um homem — sem qualquer treinamento anterior — que era duas vezes maior do que ela e acostumado a morar nas ruas, e podia correr quilômetros sem se cansar, além de pular obstáculos como um corredor; lembrando que antes costumava ter o porte físico de uma lesma. Então pensou que parte daquilo poderia ser consequência de estar crescendo...

— Ei, desde quando *você* é fã de quadrinhos? — perguntou Paul, deslizando para a mesa e sentando diante de Chloe.

— Desde que morri de tédio. — Ela mostrou a ele o quadrinho que estava lendo. — Algum desses caras tem, tipo, poderes mais sutis? Que não seja voar?

— Selina Kyle não *tem* poderes — respondeu ele com um pouco de presunção. — Nem Batman ou Robin. John Constantine é... questionável. Aquaman pode respirar debaixo d'água, o que considero sutil, mas ele também pode falar com peixes. Por quê?

— Só estava me perguntando. — Ela observou enquanto Paul colocava as revistinhas de volta nos sacos laminados cuidadosamente, e depois guardava-as delicadamente na pasta marrom. — Então, quanto tempo esse terror deve durar?

— Uma hora e meia.

Chloe murmurou. As luzes diminuíram e as pessoas bateram palmas educadamente. O homem com a echarpe fez uma breve introdução. Chloe quase desejou ainda ter uma revistinha para ler. Os poetas deveriam se apresentar em ordem de inscrição, mas costumavam deixar o menos pior ir por último.

O que significava que Amy era geralmente a segunda ou terceira.

Se sou uma super-heroína, pensou Chloe distraidamente, *certamente deveria arranjar roupas melhores. Mais justas. De elastano. Camisetas de alça e bermudas de ciclista.* Onde as supermulheres guardavam os absorventes extras? Seus pés batiam no chão; Chloe tentou silenciá-los durante as primeiras leituras. Daria quase tudo para poder sair correndo dali. Torcia para que o cigarro de Bali de um dos poetas caísse e incendiasse o local.

— E agora, Amy Scotkin, lendo três de suas obras.

— U-huu! — gritou Chloe com as mãos em concha ao redor da boca, como se estivesse em um evento esportivo.

— Vai lá, Amy! — gritou Paul.

A amiga corou.

— O primeiro poema: "Cisne da noite".

— Merda — sussurrou Chloe, horrorizada. — Ela vai recitar o Cisne de novo? Todos os 13 versos?

— Ei, um pouco de apoio e pensamento positivo seriam bem-vindos aqui — sugeriu Paul.

Veja, meu amante deitado dorme
Numa cama de solteiro com lençóis de cetim preto
No vão da torre de nosso ninho sagrado...

Chloe fechava e abria as mãos, as unhas formigando. Olhou para Paul; ele estava quieto — *tentando* parecer sério, pensou ela.

Chame, chame! *Meu cisne negro da noite!*
Chore pelo amor que se perdeu
Os fios escarlate da vergonha e das sombras
Que escorrem entre meus seios...

Treze versos e mais ou menos 15 minutos depois, a leitura chegava ao fim. Ainda havia mais dois "especiais" da Amy, mas o último era novo, então ao menos seria um horror inédito. E haveria uma pausa depois da apresentação de mais dois poetas.

— Que merda — falou Chloe quando ela e Paul foram até o bar para fazer um novo pedido. — Acho que fica mais difícil a cada vez.

— É, alguns dos poetas são terríveis — concordou ele.

— E quanto à nova obra-prima dela? Que merda gótica ela estava ouvindo quando escreveu "Íncubo da manhã"?

— Você não gostou?

Chloe se virou para encarar o amigo.

— Hum, oi? Foi uma *droga*, Paul.

— Não acho que tenha sido tão ruim — respondeu Paul, tímido.

— Se quis dizer que não foi melhor ou pior do que qualquer das outras coisas que ela fez, concordo.

— Por que se deu ao trabalho de vir se vai simplesmente falar mal dela?

Ele não falou de maneira cruel, ou como um desafio. Pareceu quase uma pergunta genuína.

— Porque é o que sempre fazemos, Paul! — respondeu Chloe, exasperada. — Tentamos fazê-la desistir desta merda e fazer as coisas nas quais é boa, ela nos ignora, nós aparecemos aqui para dar apoio, ela lê a poesia e nós... bem, nós somos torturados.

— Ela é minha *namorada*, agora, Chlo — disse Paul, baixinho. Como se para chocá-la.

E chocou.

— Isso não muda tudo. Ou pelo menos não deveria. — Chloe se virou e saiu, ignorando o chá servido. *Será que todo mundo ficou maluco?* Parecia que tinha acabado de acertar as coisas com Amy, então Paul de repente passou dos limites, levando a coisa namorado-namorada a sério demais. Ele sempre fora uma pessoa mais difícil de conviver do que Amy, às vezes mais fechado, mas aquelas leituras torturantes costumavam ser o momento no qual se aproximavam. Ele costumava relaxar.

— Ei, bom trabalho — disse ela, beijando Amy na bochecha. — Preciso ir.

— Ah! Obrigada! — Amy sorriu. — Vejo você amanhã!

Chloe disparou rumo ao frio, as mãos fechadas dentro dos bolsos de novo. Não sentia vontade de correr; sentia uma raiva quase incontrolável. Paul sempre fora meio misterioso e estranho em relação às namoradas antes, mas aquilo fora além de todos os limites. O relacionamento dele com Amy era a pior coisa que já havia acontecido aos três.

E é meio que culpa sua: eles ficaram juntos por causa da queda.

Chloe suspirou, livrando-se um pouco da raiva. Então abriu as mãos e percebeu que estavam fechadas sobre um pedaço de papel amassado. Chloe o puxou para fora do bolso e o leu sob a luz de um poste, imaginando que fosse um bilhete de permissão de saída da escola ou algo assim. Os olhos dela se arregalaram quando viu o que estava escrito realmente.

Chloe:

Sua vida está em perigo. Cuidado com as companhias. Esteja preparada e pronta para correr. A Ordem da Décima Lâmina sabe quem você é...

Um amigo.

Dez

Pessoas normais chamavam a polícia. Era isso que elas faziam em situações como aquela, envolvendo bilhetes esquisitos e ameaças de morte.

Pena que não sou normal.

Devia ser só uma brincadeira. Certo? Quando estava no quarto ano, Chloe ficara apavorada ao encontrar um bilhete no escaninho que a mandava "tomar cuidado". Isso se revelara uma brincadeira de Laura Midlen. Mas de alguma forma aquilo parecia menos divertido do que o incidente do quarto ano.

Minha vida está em perigo? Será que aquilo significava que alguém havia descoberto sobre Xavier? Talvez ele estivesse atrás dela? Não fazia sentido, no entanto: ela não tivera a intenção de machucá-lo, e não valia a pena matá-la por algo assim. Quem eram as companhias dela? Paul? Amy? Não havia nada estranho ou perigoso a respeito deles... Não importava quem tivesse escrito o bilhete, provavelmente se referia aos novos amigos de Chloe: Alyec ou Brian. Mais provavelmente Brian, visto que o outro era um tipo clássico, um garoto normal do ensino médio com raízes na comunidade. Ela realmente não sabia nada a respeito de Brian além do que ele havia contado...

Mas, pensando bem, Alyec podia ser o "amigo" que a avisava. No entanto, ele não havia estado no café — na verdade,

Chloe não conhecia nenhuma das pessoas no Black Rooster, a não ser de vista. Quando o bilhete fora colocado no bolso dela? Talvez nem fosse para ela.

Chloe verificou as trancas das portas várias vezes antes de ir dormir — ou de *tentar* dormir. Estava certa de que poderia dar conta de um ataque de um marginal de rua à luz do dia, mas uma emboscada à noite seria outra história.

Na segunda-feira, ao chegar à escola, Chloe estava ainda mais mal-humorada e sonolenta do que o normal. Ficou olhando ao redor toda hora, assustando-se com barulhos e observando as coisas de soslaio. Tudo por causa de algo que provavelmente não passava de uma brincadeira. Assim que teve um tempo livre, foi até o escritório do jornal da escola.

— Oi, Paul — disse ela, indo diretamente para o sofá.

— Chloe — respondeu ele, sem graça. Estava sentado ao computador, jogando algum videogame de download ilegal de cores fortes.

— Estou exausta. Você se importa? — Ela se atirou no sofá.

— Não. Vá em frente. — Ele se levantou e brincou com um lápis por um instante. — Eu... talvez tenha exagerado na sexta à noite... Estamos bem? — perguntou Paul finalmente.

Mesmo com a forte sonolência, Chloe sorriu. Paul realmente ligava para com a possibilidade dela estar brava com ele! No entanto, Chloe tinha todo o direito.

Chloe ergueu o braço e mostrou o polegar estendido.

— Legal. — Paul jogou a mochila por cima dos ombros. — Só feche a porta ao sair, OK? Já está trancada.

Mas Chloe já estava dormindo.

* * *

Ela acordou perfeita e precisamente 45 minutos depois, *quase* a tempo da aula de Educação Física. O que era muito estranho, porque assim que Chloe apagava, caía em sono profundo até alguém acordá-la. O segundo sinal tocou e dúzias de portas de salas de aula se trancaram, prendendo os alunos do lado de dentro, obrigando-os a aprender.

Ela se espreguiçou, bocejou e se coçou, virando a cabeça e se movimentando para relaxar os ombros — acordara na mesma posição na qual deitara, e aquele não era o mais confortável dos sofás.

Chloe disparou para fora da sala, parando para pegar os cadernos de obituário dos jornais locais que estavam espalhados e se lembrando de certificar se a porta estava fechada, como Paul havia pedido. Seguiu pelo corredor em direção à aula de educação física, provavelmente a que mais odiava. *Embora*, considerou ela, *talvez eu possa surpreendê-los com uma coisinha ou duas*. Mas talvez não. A única coisa que todos os programas de TV, livros e quadrinhos sempre sugeriam em relação a pessoas com poderes especiais era nunca revelá-los para o mundo. No pior dos casos ela seria sequestrada e dissecada pelo governo. No melhor dos casos, o Sr. Parmalee insistiria para que Chloe fizesse um teste de doping.

— Chloe King!

Alyec vinha pelo corredor vazio. Ela sorriu.

— O que *você* está fazendo neste lado da escola?

— Vou para a aula de flauta — respondeu ele, um pouco envergonhado. Alyec segurava uma caixa preta e pequena. — Sempre quis aprender, mas não havia dinheiro ou oportunidade na Rússia.

— Engraçado, achei que você era mais um cara de tromba — disse ela.

Os olhos dele se arregalaram.

— Trom*bone*? Sabe? Ele e o trompete são os instrumentos dos garotos populares.

— Bem, não sou um garoto popular normal. E, de qualquer forma, se sou tanto assim, por que não me convidou para sair desde os leões-marinhos? — Alyec deixou escapar um sorrisinho sexy que logo tratou de esconder. Chloe sentiu calafrios percorrerem o corpo. — Como está Brian?

— Está ótimo. — *Exceto pela falta do beijo e de telefonemas.*

— Ah, é? Você gosta mesmo dele, hein? *Eu* acho que só está se fazendo de difícil.

— Aaaah, qual o problema? Keira não é o suficiente para você?

— Não — respondeu ele, sorrindo. Então se inclinou e a beijou. — Ela é só uma garotinha idiota — sussurrou ao ouvido de Chloe, roçando os lábios ali.

Embora essas coisas tivessem estado bem longe da mente dela desde... bem, desde que tivera a primeira menstruação, Chloe sentiu o mesmo desejo que havia sentido por Xavier percorrer o corpo mais uma vez. Ela virou o rosto de modo que as bochechas se tocaram, os lábios dela em direção ao maxilar de Alyec.

— Devíamos ir a algum lugar — sussurrou ele, beijando as maçãs do rosto dela repetidamente.

— O armário do zelador — sussurrou Chloe, e apontou.

Ambos correram. Ao contrário de como era nos programas de TV, o armário estava cheio de coisas: esfregões e baldes e garrafas de desinfetante. E não havia muito espaço para ficar. Eles olharam para dentro, então um para o outro.

Chloe riu. Diferentemente de quando esteve com Xavier, aquilo era divertido e engraçado. Alyec se jogou contra os fundos do armário e puxou Chloe para si conforme ela fechava a porta.

Tudo parecia próximo e quente. Ela podia sentir todos os cheiros de Alyec: o perfume, o amaciante das roupas dele, a pasta de dentes, o xampu ou gel no cabelo, a pele e a respiração.

E também Lysol e Mr. Clean, mas ela tentou ignorar.

Ele colocou as mãos em volta do rosto dela e a beijou intensamente nos lábios, do modo como Chloe ansiara que Brian tivesse feito na outra noite. Alyec não parou, nem mesmo para respirar, sentindo cada canto e superfície da boca de Chloe com a dele.

É assim que uma garota deve *ser beijada*, foi o último pensamento coerente de Chloe.

Momentos depois, quando saíram aos tropeços para a luz forte do corredor, o encontraram, felizmente, vazio. Alyec precisou cobrir a boca de Chloe com a mão uma ou duas vezes quando estavam no armário porque ela estava rindo e fazendo-o rir também. Mas ninguém aparecera. Ela puxou e ajeitou a saia.

— Você é uma garota sexy, Chloe King — falou Alyec, beijando-a uma última vez na bochecha. — O que rolou ali dentro foi poderoso.

Ela se *sentia* bem sexy. Mas...

— Bem, e agora você pode ir contar tudo para seus amigos. Conte como finalmente encurralou Chloe King e se divertiu bastante. — Ela deu um sorriso fraco.

Alyec franziu a testa.

— Você acha mesmo que sou desse tipo? Chloe, eu estava falando sério sobre Keira. Ela não significa *nada* para mim. E *não* sou um babaca completo.

Chloe concordou com a cabeça. Ela esperava que fosse verdade, claro. Na competição entre garotos bonzinhos, Brian definitivamente vencia Alyec. Ela colocou a bolsa de volta nos ombros e então percebeu que ele estava de mãos vazias.

— Onde está sua flauta? — perguntou Chloe.

Eles olharam de volta para o armário e viram a caixa preta despontando de um balde.

Conseguir dispensa da aula de educação física foi fácil — assim que Chloe e Alyec se separaram, ela correu até a enfermaria e fez um drama a respeito de como estava *sangrando*, que aquela era a primeira menstruação *da vida*, que estava com cólicas e passara o tempo todo no banheiro. A enfermeira imediatamente se solidarizou e prometeu conversar com o Sr. Parmalee antes que ele considerasse oficialmente como falta. Ela também recomendou que Chloe fizesse um exame ginecológico o mais rapidamente possível. Chloe concordou e saiu, mancando um pouco, como se ainda sentisse dor.

Ela havia enviado uma mensagem a Amy mais cedo para marcar de se encontrarem durante o almoço — no cantinho do refeitório, perto dos telefones públicos. Não era o local perfeito, mas ao menos ficariam em paz. Chloe planejava mostrar o bilhete à amiga. Talvez até contar a verdade sobre... *Bem, sobre o quê?* Correr bem rápido? Beijar Alyec no armário? Tanto faz. De qualquer forma, Amy adorava mistérios. Passou por uma fase *Harriet, a espiã*/*Nancy Drew*/Agatha Christie que durara bem mais do que a fase detetive da maioria de outros meninos e meninas. Mesmo que não fizesse ideia do significado do bilhete, ao menos seria divertido. Afinal, talvez ele nem fosse para Chloe. Talvez fosse um erro.

Chloe ergueu a cabeça e olhou ao redor do refeitório, e então para o relógio. Tinham apenas vinte minutos de almoço naquele dia, e cinco deles já haviam se passado. Amy não havia respondido a mensagem de texto, mas isso não queria dizer nada. Sempre fora assim: uma delas dizia "me encontre aqui" e a outra simplesmente aparecia. A não ser que houvesse um problema e uma não pudesse ir — esse era o único motivo para responderem.

Ela olhou para o telefone. Nenhuma mensagem.

Às 12h35, finalmente desistiu, percebendo que Amy não apareceria.

Tinha a tarde inteira para si, o que era meio que uma boa mudança diante dos eventos recentes. E meio que não. Chloe arrumou o quarto casualmente e leu um pouco de *A letra escarlate* para a aula. Foi até o computador e ficou um tempo na internet, baixou arquivos em MP3 e viu o que suas celebridades favoritas andavam fazendo. Então, por impulso, procurou Alyec Ilychovich no MSN... e lá estava ele. Com o apelido de Alyec Ilychovich. *Ele tem mesmo muito o que aprender sobre esconder a verdadeira identidade e sobre outras coisas típicas do nosso país.* Chloe sorriu e o adicionou à lista de amigos. As informações da conta dele eram privadas — *que cara popular!* — então ela enviou um convite de roupasvelhasKing, um dos apelidos que usava mais. E continuou vendo coisas na internet.

Havia um e-mail de Brian no Hotmail dela:

Chloe,
    Gostei muito de nosso encontro na noite passada. Mas não cheguei a dar o molde para você!
    Gosta de ska? A Downtime faz uns Sábados de Cabaré, entrada de graça. Não há pinguins, mas deve ser uma noite legal. Se não quiser, talvez você tenha alguma ideia...?
    —Brian 415-555-0554

Chloe sorriu. Ele era simplesmente tão... perfeito. Era quase como se ele pudesse sentir que ela estava solitária e tivesse enviado o e-mail. Chloe ligou, mas a secretária eletrônica atendeu.

— Oi, aqui é Whit Rezza. Se está procurando por Peter Rezza, pode encontrá-lo no celular 415-555-1412. Deixe um recado. Obrigado!

— Oi, Brian, é Chloe. *Adoraria* sair no sábado. Não sou muito fã de ska, mas gosto o suficiente. Só preciso pensar em algo para dizer à minha mãe; ela não simpatiza muito com a ideia de sua filha sair com garotos. Então, isto é um possível "sim" e...

Um som veio do computador. Ela olhou para a tela: Alyec estava on-line. Um segundo depois houve um *bipe* que indicava que ele aceitou o convite de Chloe.

— Eu ligo ou mando um e-mail mais tarde, tá bom? Tchau!

Ela teria de se lembrar de telefonar antes de a mãe chegar em casa; na conta do fixo apareceria apenas como mais uma ligação local, mas a conta do celular listava cada número. E a mãe de Chloe a lia com *muito* cuidado todo mês, exigindo saber quais eram os números que não reconhecia. Dizia que era por motivos de orçamento... *há!*

Chloe girou de novo na cadeira para olhar o computador. Já havia uma mensagem de Alyec.

Alyec: Já está com saudades?

Chloe sorriu.

Chloe: Só dos seus lábios. Do restante... bem, tanto faz.
Alyec: Que superficial! Tenho um cérebro também, sabe.

Chloe: É?
Alyec: E mais...

Chloe corou. Sentira muito do corpo dele — totalmente vestido — no armário. Desejava que fosse verão e pudessem ir à praia, assim ela passaria bronzeador nos ombros largos de Alyec. Ou que pudessem namorar como pessoas normais. *Pena que não sou normal*, pensou ela pela segunda vez na semana.

O telefone tocou.

Chloe: Espere aí, já volto.

— Residência dos King — atendeu ela.
— Oi, hã, Chloe, foi você que ligou? — falou a voz de Brian do outro lado. — Meu pai tem identificador de chamadas nesta coisa.
— É, fui eu. — Ainda estava corada, pensando em Alyec e no corpo dele dentro do armário, e de repente se flagrou pensando em Brian também. Mais especificamente, nela em cima dele, segurando-o enquanto o beijava. *Aposto que conseguiria fazer isso com minha nova força também...*

Ele deve ter notado algo de engraçado na voz dela.
— Você está bem?
— Sim, por quê?
— Ah. Você pareceu... deixa pra lá. Então, ainda quer aquele molde?

Não, quero você, *seu idiota.*

O computador emitiu um bipe.

Alyec: Estou esperando...

Ou Alyec. Quero Alyec também. Era um momento engraçado, dois garotos em dois meios de comunicação diferentes. Mas logo, se a vida dela de alguma forma parecia com a TV, ou mesmo com a vida real, tudo se complicaria se não tomasse uma decisão. *Mas ainda não. Por enquanto não!*

— Quero. Vamos marcar no sábado?

— Hã, claro. Está bom. Quer dizer, está ótimo! — Houve uma pausa longa. — Chloe? Eu, hã...

— Sim? — Chloe esperava ouvir que era jovem demais para ele, que precisavam terminar, que ele não a achava atraente. Prendeu a respiração. *E fiquei achando que eu tomaria a decisão.*

— Hã, nada. Só acho que você é legal, só isso.

— Ah. — Chloe sorriu. — Obrigada.

— Então, me liga para falarmos de sábado, tudo bem?

— Com certeza.

O computador emitiu outro bipe.

Alyec: Chloe King é tão pretensiosa que deixa Alyec Ilychovich, um dos garotos mais populares da escola, esperando no telefone. Ou no computador. Ou em qualquer lugar.

— Tudo bem, então. Tchau.

Ele desligou parecendo animado, satisfeito e envergonhado. Chloe correu de volta ao teclado.

Alyec: Lalalalalala...
Chloe: Tá bom, tá bom! Credo, uma garota não pode fazer xixi?
Alyec: Aposto que estava falando com seu outro namorado.

Chloe congelou. Aquele seria um bom momento para dizer alguma coisa.

Chloe: Se por "falar" você quis dizer "urinar" e por "namorado", "vaso sanitário", então sim.
Alyec: Esse papo sexy está me excitando.
Chloe: Ecaaa! Não sabia que gostava desse tipo de coisa.
Alyec: Ei, nós, garotos estrangeiros, somos estranhos.
Chloe: Pelo menos vocês têm lábios gostosos.
Alyec: Ah, e você não sabe nem metade do que eles podem fazer.
Chloe: Ah, é? Quer me dar uma dica?
Alyec: Consigo encher balões bem rápido.
Chloe: E agora, quem está sendo provocador?
Alyec: Por quê? O que deseja que eu faça com meus lábios?

Eles digitaram furiosamente durante várias horas, fazendo pausas para pegar algo para beber, para ir ao banheiro, ou para mandar mensagens para outras pessoas. Alyec contou a ela que Jean Mehala estava perguntando se ele gostaria de fazer parte do clube das Nações Unidas Júnior. *Eu sou a ONU Júnior!* E Lotetia queria que ele participasse do comitê do baile, o que talvez ele topasse; a maioria das músicas do baile era uma droga.

Chloe: Deve ser legal ser tão desejado.
Alyec: É? E exatamente como você quer ser desejada?

Houve um som atrás de Chloe, um leve pigarrear. Ela pulou e se virou, esperando um assassino ou algo terrível.

Mas era pior. Era a mãe dela.

— Com quem você está conversando? — quis saber a Sra. King. Ela estava usando os óculos de dirigir, parecia rígida e bastante mãe, para variar. Seus olhos cinzentos se estreitaram e ela segurou a pasta como se fosse um machado.

— Há quanto tempo está aí? — insistiu Chloe.

— O que vocês dois *fizeram* na escola hoje que foi tão emocionante? — Pelo modo como os lábios dela se mexiam, era óbvio que tinha uma boa ideia do que havia sido. Devia estar parada ali por um bom tempo. Como Chloe não ouvira?

— Nada — respondeu Chloe distraidamente.

— Se agarraram num *armário de zelador*? Durante o tempo de *aula*?

— Era de educação física. E, além disso, não é como se você me deixasse ir a *encontros* de verdade.

— E é justamente por isso! — A Sra. King bateu violentamente na tela do computador, o suficiente para fazê-la chiar. — Você está de *castigo*, mocinha! Durante a próxima semana, pelo menos!

— Isso é tão injusto! — Normalmente Chloe começaria a pensar em como tinha estragado tudo e faria o possível para consertar as coisas: mentiria, pediria desculpas, terminaria a briga do jeito clássico adolescente e ficaria boazinha pela próxima semana. Mas raiva de verdade estava crescendo dentro dela, e Chloe percebeu que não conseguia pensar. — Todo mundo *namora*, e eu preciso mentir e sair às escondidas, mesmo com garotos legais como Brian...

— Quem é *Brian*? — A mãe exigiu saber. As mãos tremiam de raiva.

— Que diferença faz? Brian é sensacional, mas você não vai me deixar sai com *ele* também!

— Parece que você está se saindo muito bem, vadiando por aí como... — Ela ficou em silêncio.

Chloe apenas olhou para a mãe, os olhos pegando fogo. Não conseguia mais ouvir; descargas de sangue e ódio subiam pelo corpo dela. Pela primeira vez desde que era criança, sentiu um impulso quase irrefreável de bater na mãe.

— Retire. O que. Disse.

A Sra. King mordeu o lábio.

— Eu... sinto muito. Não quis dizer... Foi forte demais. Peço desculpas. Não deveria falar com você dessa maneira. — Ela brincava com o brinco de prata na orelha esquerda, batendo nele.

— Você vai me dar o sermão de "como é difícil ser mãe solteira" agora, não vai? — disparou Chloe.

— Não, eu...

— Vai me "impedir" de namorar quando eu estiver na faculdade? Caramba, mãe, eu tenho 16 anos. Tenho um emprego. Tiro boas notas. De que livro de psicologia da moda você tirou essa porcaria de "não namorar"?

— Não foi de um livro! —respondeu a Sra. King, elevando a voz de novo. Então sentou-se, subitamente cansada, toda energia e raiva drenadas do rosto. — Foi a última coisa que seu pai me disse antes de desaparecer. Ele me fez prometer que nunca deixaria você namorar.

O queixo de Chloe caiu, mas ela não disse nada. O homem que admirava e de quem sentia falta havia 12 anos era o responsável por aquilo?

— Você está de *sacanagem* — rosnou Chloe. Ela se virou e empurrou a mãe para sair do quarto.

— Chloe, espere...

Ela correu para o banheiro e bateu a porta.

— MERDA! — gritou. Fechou os punhos com força, os dedos doendo muito. Então se virou para socar a porta.

E parou.

Havia garras onde antes estavam as unhas. Brancas, afiadas, curvas... e lindas, exatamente como as de um gato.

Onze

Ela sentou-se no topo de uma cerca gradeada, encarando a lua.

Era fácil sentar-se daquela forma agora, sobre as pontas dos pés e com as mãos apenas tocando a barra da cerca. Agora que *sabia* que era diferente.

"*Ele me fez prometer que nunca deixaria você namorar...*"

Por quê? Ele sabia de alguma coisa? Tinha a ver com as garras?

Chloe ergueu uma das mãos e olhou para ela, tentando fazer as garras voltarem. Dobrou os dedos. Tentou se lembrar da raiva que sentiu. *O que foi que ela disse que me irritou?*

"*Vadiando por aí como...*"

Tss.

Com um leve ruído, as garras saíram. Pareciam brotar diretamente dos ossos, fortes e firmes como uma extensão da mão. Não se dobraram quando Chloe as tocou, e as pontas eram afiadas como navalhas.

Xavier.

Talvez o tivesse arranhado com as garras. Talvez fossem envenenadas. Ou saíssem quando ela estivesse com tesão ou com raiva. *Seria por isso que papai não queria que eu namorasse? Porque eu poderia acidentalmente matar as pessoas?*

Ela pensou no que Brian dissera no zoológico.

"Mesmo os amigáveis não conhecem a própria força quando comparada às dos humanos. Podem acidentalmente matar o tratador do zoológico ao tentarem brincar com ele..."

E se ela estivesse cara a cara com a mãe quando ficou com tanta raiva? Teria perdido o controle e tentado bater nela? As garras teriam saído, rasgando a pele dela ou matando-a?

De repente os novos poderes não pareciam mais divertidos. Pareciam letais.

Então não posso pegar garotos? Mas Alyec ficou bem... Não fazia sentido.

Milhares de mistérios, nenhum deles fácil de resolver. Chloe sentiu uma incrível onda de solidão tomar conta de si. Com quem poderia conversar? Quem poderia ajudá-la? Quem diria a ela que tudo ficaria bem?

Como poderei ao menos ter um namorado?

Ou ele teria de ser *incrivelmente* compreensivo e discreto, ou ela teria de esconder coisas dele constantemente.

Chloe ficou de pé sobre a cerca com facilidade: o truque, ela descobrira, era não pensar no que estava fazendo e apenas deixar o corpo fazer. O teto de um prédio próximo estava ao alcance. Ela saltou.

O simples poder do corpo era fenomenal — conforme as pernas se flexionavam, ela se sentia como um cavalo de corrida, só músculos e velocidade, nenhum desperdício de movimento. As coxas poderosas a alçaram com facilidade por cima da calha.

Pousar era um pouco mais difícil.

Chloe se inclinou para a frente, esquecendo-se de compensar a inércia. Ergueu o braço e conseguiu se agarrar à base de uma antena velha para evitar que rolasse para fora do telhado. Ficou um tempo em cima das telhas de cerâmica, recuperando o fôlego e com medo de se mexer, o pé dependurado. Quando finalmente se acalmou o suficiente para pensar, jogou a perna esquerda para cima e, dobrando o joelho de forma a parecer um sapo, tomou impulso até o topo e jogou a perna direita para o outro lado, de modo a montar na divisória do telhado.

Não muito perfeito.

Acima dela as estrelas brilhavam gelidamente no céu azul-escuro. Ela olhou através dos prédios, a estranha paisagem com telhas e azulejos no lugar de grama e chaminés, e antenas no lugar de arbustos e árvores. Como o dossel de uma floresta tropical, era uma região inteira do mundo que Chloe jamais tinha notado. *Não antes de Coit Tower, pelo menos.* E agora se abria para ela. Algumas chaminés tinham mesmo um aspecto orgânico, como aquela um pouco cheinha...

Que estava acenando para ela.

Chloe encarou com mais atenção. Tinha a visão mais do que perfeita desde o nascimento, mas, como na noite do ataque, percebeu que podia ver as coisas com mais clareza do que normalmente deveria sob o luar tênue e o céu noturno. Ela esperou, e então tudo se tornou mais nítido, como no visor de uma câmera digital. Conseguia ver os tijolos individualmente e até o reboco entre eles.

A "chaminé" se alongou e endireitou conforme a pessoa se levantava, equilibrando-se perfeitamente na mureta que dividia o telhado de um prédio do seguinte. Então se agachou como um sapo — *ou um gato* — e saltou por sobre a fenda até o prédio seguinte, pousando de forma que a mão direita dele — pela silhueta parecia ser "ele" — tocou o telhado no mesmo momento que os pés, terminando o salto na mesma posição agachada na qual iniciara.

Ah, era isso que eu deveria ter feito, pensou Chloe distraidamente. *Dividir o peso entre as pernas e os braços para que...*

Então ela percebeu.

Era ele. A pessoa do bilhete. *O amigo.*

Estava agachado sobre os quadris como um gato, mãos e braços entre as pernas, observando-a. Devia estar todo de preto, e seu rosto permanecia nas sombras o tempo todo. Ele estendeu uma das mãos — *patas.* O que ela estava esperando?

Chloe olhou em volta. Havia outra casa perto daquela em que estava, a cerca de 3 metros. Era feia, ao estilo de um rancho moderno como a dela, e tinha telhado de cerâmica. Disparou em direção à casa, então parou, assustada. Olhou para cima: ele ainda a estava observando. Ela respirou profundamente e correu.

No último momento, saltou, e em vez de fazê-lo para cima, como um saltador profissional, ela esticou o corpo, quase como em um mergulho. Viu grama, calçada e sombras passarem rápido demais abaixo de si. Então a mão direita tocou o telhado e os pés seguiram, terminando em uma pose perfeitamente agachada.

Chloe estivera prendendo a respiração. Então expirou e percebeu que estava... *animada.* Era como a melhor atração de queda livre de um parque de diversões, sem necessidade de aparelhos. Apenas ela. Virou-se para olhar a figura sombreada do outro lado da rua.

Ele ergueu os polegares para ela, inclinando levemente o pescoço. Então pulou para fora do telhado, para o chão do outro lado, desaparecendo de vista.

— Não! — gritou Chloe, e olhou em volta, desesperada, buscando um modo rápido de chegar lá, mas não havia construções que atravessassem a rua e nem árvores que pudesse usar para isso. Ela saltou para o chão, desta vez sem pensar, como se tivesse decidido *cair*, e escorregou ao longo do muro, pousando em silêncio. As mãos dela pararam estendidas sobre o concreto granulado.

Chloe correu pela rua até o outro lado do prédio. Um único poste iluminava fracamente um estacionamento vazio, e o portão estava trancado. Alguém havia feito um desenho colorido com spray no muro que delimitava o final. Uma garrafa de plástico rolava pelo asfalto, empurrada por uma brisa invisível. Além disso, e de um outdoor que anunciava Pneus Hankook, não havia mais nada ali.

O que eu faço agora? Durante alguns minutos, Chloe achara que tinha um amigo esquisito, que podia fazer as mesmas coisas que ela — e mais. Que poderia dizer a ela quem ela era, por que eram daquela forma. O que tudo aquilo significava...

Tsss.

Um leve ruído de algo sendo arranhado soou acima dela. Chloe olhou e o viu agachado no topo de um poste pelo qual passava a fiação dos ônibus elétricos da Agência Municipal de Transportes de São Francisco. *Eu poderia ter atravessado a rua dessa forma sem precisar descer para o chão — mas não seria perigoso?*

Como se respondesse, ele se levantou e pulou cuidadosamente em um dos fios, de modo que não se apoiasse no fio *e* no poste ao mesmo tempo. Então se agachou e meio que engatinhou por ele, usando as mãos *e* os pés para se segurar. Ele saltou até o topo do outdoor.

— Como eu vou *subir* aí?

Ele saltou do outdoor, deixando-se deslizar pela fachada do cartaz. Dez tiras perfeitas de papel se rasgavam conforme ele caía, revelando os anúncios mais antigos por baixo.

Ele havia usado as garras, percebeu Chloe.

Ela andou até o poste de madeira mais próximo e tentou golpeá-lo. Nada aconteceu. Ela olhou para o homem nas sombras e ele cruzou os braços, impaciente. *Lembre-se do salto*, disse Chloe para si. *Não pense. Apenas faça.* Ela saltou e se viu agarrada. Apenas com as mãos e garras. *Vou ficar com os deltoides superdefinidos*, pensou, satisfeita. Quando ergueu a mão direita para se segurar mais acima, a mão e o braço esquerdos ainda a sustentavam, as garras profundamente ancoradas à madeira.

Chloe escalou o poste rapidamente, usando as pernas no último momento para se impulsionar por sobre os fios e até o topo. Ela percebeu que estava sorrindo incontrolavelmente. A liberdade de movimentos que agora possuía... poderia ir a qualquer lugar, *qualquer*! Telhados, penhascos, túneis, árvores — todos os lugares em geral fora do alcance da ocupação humana. Poderia se esconder para sempre se quisesse ou correr por cima dos prédios, sob as estrelas, fora dos padrões. *Livre.*

Ela correu pelo fio do modo que a figura sombreada havia feito, porém bem mais rapidamente, e saltou para o outdoor para encontrá-lo. Mas assim que pousou, ele disparou para o portão, dando um salto incrível para se equilibrar na barra que ficava no topo.

— Ei! — gritou ela, rindo. Um cheiro estranho perdurou; ele cheirava a gasolina, como se tivesse caído sobre uma poça do combustível. *Um cheiro fácil de seguir.*

Ela tentou fazer o mesmo que ele, mas acabou não conseguindo dar aquele último salto e caiu dentro do estacionamento, ficando presa lá dentro — isto é, se ela fosse um ser humano normal, claro. Chloe escalou o portão e saltou por cima dele.

Eu poderia ser uma invasora de casas agora.

Ele estava esperando por ela, agachado sobre uma caixa de correio. Mas assim que Chloe recuperou o fôlego, ele partiu outra vez, correndo e saltando para uma escada de incêndio, então escalou até o telhado.

Ah, você quer brincar, é?

Chloe disparou atrás dele.

Ela o perseguiu de telhado em telhado, de árvore a orelhão, nenhum dos dois tocando o chão nem uma vez até chegarem ao parque. Normalmente, Chloe jamais consideraria entrar no Golden Gate à noite, mas obviamente ela não era mais uma pessoa normal. *Além do mais, ele vai me proteger se alguma coisa acontecer.* Chloe tinha certeza disso.

Estava praticamente vazio. A luz das estrelas não era suficiente para iluminar os caminhos, as árvores e as sombras, mas a nova visão noturna de Chloe fazia com que tudo, mesmo a poeira mais escura à sombra mais intensa, brilhasse como se banhada em luar. A calçada reluzia como uma estrada de contos de fadas. Chloe seguiu pela grama, no entanto, que estava um pouco endurecida pelo frio.

Ele parou perto de um banco que ficava embaixo de um ginkgo. Abaixou as mãos como se fosse pular na árvore, mas então se esticou e plantou bananeira, deixando-se cair lentamente para o outro lado. *Meus braços não são tão fortes*, foi a primeira coisa que Chloe pensou, antes de perceber o que já havia feito naquela noite. Ele enganchou os pés em um galho baixo e então se ergueu para cima da árvore.

Chloe correu para a frente, apoiou no topo do banco e deu impulso, esperando girar ao contrário e dar de cara, braços e corpo no banco. Mas ela esticou os quadris quando estavam acima da cabeça e viu que estava plantando bananeira com a facilidade de um artista de circo.

De repente, ouviu um estampido, seguido da sensação de que o peso do mundo pousava aos pés dela, fazendo seus joelhos se dobrarem até quase o queixo. E tão repentinamente, passou. Chloe perdeu o equilíbrio e tropeçou no chão.

Quando se levantou, ouviu uma risada baixinha, o primeiro barulho que o outro fizera até então. Ele ficou de pé muitos metros adiante, com os braços cruzados: tinha saltado da árvore e usado os pés e pernas de Chloe como trampolim.

— Engraçadinho — disse ela em voz alta.

Ele se virou e voltou a correr.

Chloe o seguiu diretamente pelas árvores e pelos arbustos, os quais provavelmente esconderam milhares de assaltantes e estupradores ao longo dos anos. Ele disparava de sombra em sombra, às vezes sobre uma árvore, às vezes sobre um arbusto, sempre se mantendo fora do alcance. O cheiro dele estava se esvaindo; caso o perdesse de vista, seria o fim.

De repente Chloe estava do outro lado do parque, em frente à saída. Ele não estava à vista, e o rastro do cheiro tinha sumido.

Ela olhou em volta, em cima de árvores e pelas calçadas, para ver se ele estava se escondendo em algum lugar, esperando para atiçá-la novamente. Mas depois de cinco minutos, ainda não havia sinal.

— Vamos lá — gritou ela, com um lamento. — *Por favor*.

Com o fim da excitação e da agitação da caçada, Chloe se sentiu perdida de repente. Apenas a velha Chloe de novo, sozinha.

Ela começou a voltar para casa pelo caminho por onde tinha ido, o mais curto através do parque, desapontada e triste.

Então, viu o carvalho.

A mais ou menos 1,5 metro de altura, o tronco havia sido arranhado por algo como garras espessas, violenta e profundamente.

E sulcado nele, cuidadosamente escavado por uma única garra, havia um rosto sorridente.

Doze

Quando a Sra. Abercrombie devolveu os testes, Chloe precisou se lembrar: *Superpoderes de gato não incluem a habilidade de entender trigonometria*. Havia um enorme e feio D no topo da página. Parte dela não se importou nem um pouco; a vida de Chloe envolvia outras coisas no momento, coisas mais importantes, como brincadeiras de esconde-esconde noturnas e o fato de não ser como mais ninguém na sala. Coisas como descobrir sobre o próprio passado e sobre o que realmente havia acontecido ao pai dela.

Mas com ou sem garras, Chloe ainda era Chloe, e calculou mentalmente o quanto precisaria melhorar ao longo do restante do semestre para elevar a nota a um respeitável B. Ela olhou de relance para o teste de Paul e sentiu uma satisfação maligna. Ele havia efetivamente *estudado* e tirara apenas C.

Quando o sinal tocou, ela se levantou e saiu rapidamente, dando a Paul um breve "oi" ao passar, mas ele já estava se desviando em direção à Amy, que esperava no corredor. Felizmente, Alyec estava lá, esperando por Chloe.

— Ei, Mamacita — disse ele. — *How you doing?* — O espanhol combinado ao estilo Joey de *Friends* e um leve sotaque russo foi ridículo, mas, de qualquer forma, o rosto sexy de Alyec tornava difícil levar a sério qualquer coisa que ele dissesse.

— Oi. — Ao contrário da maioria dos casais do colégio, como Amy e Paul, Chloe e Alyec não se cumprimentavam com um beijo depois da aula. Eles não eram nem mesmo um "casal" de verdade, o que de algum modo tornava as coisas mais sexies. Eles ficaram próximos, mas sem se tocar, a centímetros de distância.

— Quer almoçar fora do colégio, talvez? — sugeriu ele. Chloe considerou; era uma situação de "nem pensar, vamos para a detenção", mas o dia *estava* lindo.

O dia perfeito para um piquenique com um lindo estudante russo. Ela os imaginou aos pés de uma montanha, sob uma árvore, com uma ou duas lindas maçãs vermelhas, um cenário entre o Jardim do Éden e algo mais tangível, como um pomar. *Pena que não há um lugar desse por aqui.*

— Claro — respondeu ela, decidindo que o McDonald's teria de servir.

Aquilo era o mais próximo de um encontro que Chloe e Alyec já haviam tido, ela percebeu. O relacionamento era meio que ao inverso. E não estavam aos pés de uma montanha relaxante e bucólica; apenas um banco do lado de fora do McDonald's, e o ar estava empesteado de *fritura*. Pelo menos o dia estava bonito.

— Então... como foi crescer na Rússia?

Alyec deu de ombros. Estava arrumando o cheeseburguer muito cuidadosamente, abrindo a embalagem e dobrando-a sobre o sanduíche, para não tocá-lo com os dedos. Assim que estava apropriadamente (e delicadamente, pensou Chloe) arrumado, no entanto, ele abriu a boca ao máximo e enfiou tanto quanto pôde para dentro, como um adolescente normal.

— O McDonald's de lá é uma droga — disse Alyec com a boca cheia de comida. — Não sabem fazer batatas fritas. — Então fez uma pausa, pensativo. — Os milk-shakes são melhores, no entanto.

— Estou falando *sério*, Alyec!

— Eu *também*. São melhores mesmo. Não só os milk-shakes do McDonald's. Tudo que é de sorvete e derivados do leite.

— É...? E...? — instigou Chloe.

— E? Era uma droga. Ninguém tem dinheiro, a não ser os Novos Russos. São uma máfia. Todo o restante... bem, um ingresso para o cinema custa o salário de um mês para a maioria das pessoas. Que, para a maioria das pessoas, é tipo cinquenta dólares. Muita gente não come carne todos os dias. Então as pessoas bebem muito, sabe? — Os olhos dele se estreitaram e, por apenas um segundo, Chloe pensou ter visto algo mais profundo neles, algo triste. Mas o instante acabou e Alyec balançou a cabeça. — As pessoas começam cedo. Aposto que consigo beber muito mais do que aqueles idiotas do time de futebol. Mas não bebo — acrescentou ele de maneira relevante.

Alyec observou os hambúrgueres e as batatas fritas restantes, decidindo o que atacaria a seguir.

Chloe mergulhou uma única batata no ketchup e mastigou-a, devagar.

— Como você consegue manter essa silhueta esguia? — perguntou ela.

— Sexo — respondeu Alyec prontamente, começando a preparar mais um hambúrguer. Enquanto isso, pegou algumas batatas *com um guardanapo* e mordeu as pontinhas. Depois jogou o restante para dentro da boca. Tudo sem tocá-las. Chloe estava tentada a perguntar se era um hábito russo ou se ele sofria de transtorno obsessivo compulsivo.

— Não, estou brincando. Mas como muito mesmo.

— Como era São Petersburgo?

— Hã? Leningrado? Bem, era uma cidade linda, no que diz respeito a cidades russas; nada como São Francisco, claro. — Ele ergueu os braços como se para indicar a beleza mais óbvia no mundo, mas ela não sabia se ele se referia ao céu, à névoa, à ponte, ao clima, ou o quê. — Muitos domos e campanários. Agora dourados devido ao trabalho de restauração. No verão fica claro até 2 horas da manhã, e o sol fica baixo o tempo inteiro, muito bonito. Mas, sério, é uma droga.

Ela não conseguia dizer se ele estava com vergonha do passado, se estava sendo misterioso ou apenas honesto: aquela era a vida antiga dele, mas agora havia acabado.

— Achei que fosse difícil migrar — disse ela, tentando fazê-lo se abrir.

— *Eu* tenho um tio rico.

— Ele é um... Novo Russo?

— É, algo assim. — Alyec olhou com tristeza para as embalagens e bandejas vazias.

— Me ensina algo em russo — pediu Chloe, apoiando-se na mesa e olhando para ele.

— *Pazhoust* — falou Alyec, inclinando-se para a frente, o nariz quase tocando o dela.

— O que isso quer dizer? — sussurrou Chloe.

— Por favor — respondeu ele, beijando-a.

Eu deveria fazer isso todos os dias, pensou Chloe enquanto esperava pelo ônibus para casa. Embora Alyec não tivesse se revelado um grande pensador, filósofo, ou, bem, alguém com um passado sexy, misterioso e atormentado, o beijo dele *era* excelente. O restante do dia na escola passou como um sonho: as cores pareciam mesmo mais vivas e o futuro, mais otimista.

Então Amy apareceu.

— Quer fazer algo esta noite?

Chloe precisou de um momento para voltar à realidade depois de ser brutalmente interrompida dos devaneios.

— Hã, o quê? Não, obrigada. Preciso muito estudar trigonometria. Estou na zona de perigo — respondeu Chloe com frieza.

Amy a encarou por um longo instante, como se estivesse analisando uma peça de museu.

— Qual é o seu problema ultimamente?

— *Meu* problema? — Chloe sentiu uma coceira nas pontas dos dedos conforme o humor se alterava; ela estremeceu e balançou as mãos até passar. *Rasgar o rosto da minha amiga. Esse era um jeito legal de terminar uma briga. Principalmente com a escola inteira assistindo.* — E quanto a *ontem*? Quando mandei a mensagem te chamando pro almoço e você me deu o maior bolo?

— Não recebi — negou Amy imediatamente. Mas houve uma breve hesitação na voz da amiga.

— Verifique sua caixa de mensagens — provocou Chloe.

— Vamos lá. Olhe.

Exagerando cada movimento e mostrando impaciência como se não tivesse tempo para aquilo, Amy tirou o telefone da bolsa dramaticamente e apertou alguns botões.

— Viu? Não tem... *ah*. — Ela fez uma expressão constrangida. — Essa.

— *Essa*? Então você *recebeu*!

— Eu ia responder — falou Amy, despreocupada. — Paul e eu estávamos ocupados. Íamos...

— "Paul e eu estávamos ocupados"? O que estavam fazendo? Trabalhando no jornal ou, hum, deixe-me pensar, se pegando loucamente?

— Você...

— "Você e Paul" estão *sempre* fazendo alguma coisa. É como se os dois fossem uma coisa só e tivessem se esquecido completamente de todo o resto.

— *Ah*, então é isso — replicou Amy, assentindo. — Você está com ciúmes e solitária... é por isso que está vadiando com idiotas como Alyec?

E lá estava aquela palavra de novo. *Meu Deus, um dos meus "namorados" nem mesmo me beija.* Chloe abriu a boca para falar *mesmo* umas verdades para Amy.

Mas conforme pensou nos outros aspectos da vida — as garras, o amigo misterioso da noite, Brian —, ela percebeu como aquela discussão era ridícula. Havia coisas muito mais importantes acontecendo, e Amy tinha praticamente a abandonado no dia da queda. Aquilo *não* valia a pena.

— Que seja. Meu ônibus chegou. — Chloe se virou e foi embora, deixando Amy boquiaberta e sem palavras.

Precisava conversar com alguém a respeito daquilo.

Chloe havia desistido de discutir várias vezes para preservar a amizade, e Amy ainda a tratava como a vilã. Nem conseguia perceber o que estava fazendo! *Eu adoraria contar o que está acontecendo na minha vida*, pensou Chloe com amargura, *mas você não parece estar tão interessada.*

Alyec provavelmente diria para deixar para lá, que não era importante. Mas ela queria reclamar e lamentar; não *queria* se animar e parar de pensar no assunto. Queria entender as coisas.

Chloe pegou o telefone e ligou para Brian. Se só o fizesse uma vez, pensou, poderia dizer à mãe que era alguém com quem precisava pegar o dever de casa, um parceiro do grupo de estudos ou algo assim.

— Brian falando. — Ele atendeu de forma tão curta e direta que Chloe quase não reconheceu a voz dele a princípio. Parecia muito profissional; brusca, mas não imponente.

— Uau, eu liguei para a Enron ou algo assim?

— Ah, Chloe! Não... — Brian riu, parecendo mais ele mesmo. — Estou esperando retorno de *todo mundo*: do zoológico, do departamento de parques, do resgate de animais, até do canil.

— Economia ruim — falou Chloe, do modo como havia escutado a mãe e as amigas conversarem.

— Não é? — Ele suspirou. — Então, quer aquele molde, não é?

Chloe tinha se esquecido completamente disso.

— Não — respondeu ela em tom sombrio. — Acho que não precisarei mais dele.

— Ah. — Ele pareceu confuso, mas haveria também *alívio* na voz?

— Mas eu ainda gostaria de ver você outra vez.

— É? — perguntou, com cautela.

— É. — Chloe riu. — Quer sair hoje à noite?

— Hoje à noite? — Houve uma pausa, como se ele estivesse olhando para o relógio, um calendário, ou algo assim. — Hã, esta noite não seria a *melhor opção*... Preciso enviar mais um monte de cartas e currículos e formulários. Queria colocá-los no corrcio amanhã.

Os ouvidos de Chloe se eriçaram. Havia algo estranho na maneira como ele falava, pausas estranhas. Não sabia se eram os novos sentidos aguçados ou apenas intuição, mas sentia que Brian estava mentindo para ela. *O que há com ele? Parece interessado, mas fica meio que me adiando.*

Então algo ocorreu a ela:

— Você tem namorada, não tem?

— O quê?

— Fale a verdade. Você tem namorada.

— Não! *Não tenho namorada* — replicou ele, exasperado.

— Não tenho uma namorada há *meses*. Por quê?

— Você parece meio... Não sei... irritado com a coisa toda.

Ele riu baixinho.

— Chloe, não tinha a intenção. Sou um pouco organizado e obsessivo quando se trata de determinar uma meta e um cronograma para mim mesmo. Como um ratinho, sabe? Não paro nem para comer até enviar mais uma carta.

— Ah. — Chloe olhou em volta, desconcertada, mas ninguém no ônibus estava ouvindo. — Sinto muito. Tive um dia estranho. Minha melhor amiga Amy e eu acabamos de brigar feio... — Algo finalmente explodiu dentro dela. Chloe engoliu, tentando segurar as lágrimas que se formavam. Ela virou o rosto para a janela e esfregou os olhos com os nós dos dedos, tentando afastar as lágrimas.

— O que aconteceu?

— Não é nada demais — sussurrou ela, tentando não parecer que estava chorando. — É que... — *Eu tenho essas garras novas, e tem esse bilhete que diz que minha vida está em perigo...* — Amy está namorando meu outro melhor amigo e não tem mais tempo para mim, e ela nem percebe como está sendo uma vaca. — Era estranho finalmente dizer em voz alta. Tinha andado pensando no assunto havia um tempo, e como toda a dúvida em relação a si mesma, vinha acompanhada de uma introspecção exagerada. Mas agora parecia *real*. E o que era ainda mais estranho: ele havia perguntado a ela o que tinha acontecido. Tinha perguntado o que havia acontecido entre uma garota com quem tivera somente um encontro e a melhor amiga dela, que Brian jamais tinha visto. E parecia realmente interessado. Como se de fato se importasse.

— Sinto muito. Quero dizer, é claro que encontro você esta noite.

Chloe sorriu entre fungadas.

— Você pode... Está livre agora? — Ela não queria ter de contar a ele como a mãe estava pegando no seu pé ultimamente; soava muito ensino médio. Como se fosse uma menininha sem controle do próprio destino ou da vida cotidiana. *O que era verdade, mas achava divertido sonhar.*

— Sim... Quer encontrar comigo naquele café perto do parquinho, em frente ao Peet's?

— Seria ótimo. Nos vemos daqui a pouco.

— OK, estarei lá.

Ela desceu no ponto seguinte e ligou para a mãe dizendo que ficaria na escola depois do horário para receber uma ajuda em trigonometria.

Vinte minutos depois estava aninhada em uma poltrona velha, desbotada e confortável, bebendo uma caneca de sopa de tomate enquanto Brian se sentava em frente a ela, parecendo preocupado. *Eu poderia me acostumar a isso*, concluiu Chloe. Ainda que os próprios amigos fossem — *tivessem sido* — bem legais, Brian concentrava a atenção nela de um modo que Chloe jamais experimentara. O gorro de gatinho estava sobre a mesa entre eles e o cabelo de Brian, em vez de achatado e seboso, estava arrepiado em mechas castanho-escuras desordenadas nas quais Chloe queria passar as mãos para arrumar. Ele estava com outro livro desta vez, uma coletânea de contos de Eudora Welty.

— Parece idiota, eu sei — falou Chloe, tentando não fungar. — Mas Amy sempre foi algo constante na minha vida. Meu pai desapareceu, lá estava Amy. Minha mãe surtou, lá estava Amy. Paul agiu como um imbecil comigo, lá estava Amy. Mas ela não está *lá* agora, entende? Não posso contar com ela. Nem responde mais minhas mensagens. E há... outras coisas na minha vida também, coisas que quero contar a ela... Coisas sobre as quais definitivamente teríamos conversado se tudo estivesse, sabe, normal.

— Que tipo de coisa?

Chloe hesitou. Estava doida para contar a *alguém*, e Brian parecia o tipo de pessoa que entenderia, depois que acreditasse nela. Mas era um grande segredo, e cedo demais. Talvez pudesse contar um *pouco*...

— Bem, eu caí da Coit Tower — disse ela, tão abruptamente como quando contou para a mãe.

Brian a encarou.

— Quer dizer, ela estava *lá* e tudo o mais, e me levou para o hospital com Paul...

— O que quer dizer com "caí da Coit Tower"? — insistiu Brian.

— Quero dizer que eu caí. — Chloe gesticulou com os dedos e o pimenteiro grande, fazendo parecer que uma pessoinha andava e então caía.

— Do topo? Você estava escalando?

— Sim, do topo. Não estava escalando. Só caí da janela.

Brian a encarou em silêncio por mais um momento. Chloe começou a se sentir ligeiramente desconfortável.

— E você está... simplesmente... bem?

— Bastante. — Ela deu de ombros e tentou parecer descontraída. — Mas ouça, nós estamos falando de *Amy* e eu.

— E não do fato de que você não *morreu*?

— Acho que quase morri — ponderou Chloe, repensando e imaginando o quanto mais revelar. — Eu estava em um lugar, estava tudo escuro e eu fui meio que... *empurrada* de volta à vida. Como outra queda. De um lugar bem alto.

— Você contou a alguém sobre isso?

— É sobre isso que estou aqui reclamando! — rebateu Chloe. — Sabe, Amy estava *lá* quando eu caí, e nunca conseguimos conversar sobre isso. Sobre o que... aconteceu, ou pareceu acontecer. É meio estranho e pessoal, sabe? Na verdade, não queria conversar sobre isso com mais ninguém. Além disso, ela acredita no sobrenatural e coisas assim, então, você sabe, ela com certeza teria algumas ideias em relação à coisa toda.

— Entendo por que você estava relutante em mencionar isso para outras pessoas... Provavelmente não deveria, na verdade — disse ele, bebericando um gole da bebida. Era café americano. Puro. Sem leite, açúcar, ou nada. Chloe achou aquilo meio sexy; era ríspido e viril. Não conhecia mais ninguém que bebia daquele jeito, a não ser os médicos no horário nobre da televisão. — Sua amiga não parece muito atenciosa. — Ele tomou fôlego e parecia estar se obrigando a manter o assunto.

— Ela nunca foi muito... *atenciosa*. — Chloe pensou a respeito. — É introvertida e meio autocentrada, mas então, de repente, faz algo muito legal quando você menos espera. — *Como matar aula para ir a Coit Tower na véspera do seu aniversário.*

— Você não parece estar culpando Paul por isso e nem está falando muito nele — observou Brian.

— Ele é... um tipo diferente de "melhor amigo", acho — respondeu Chloe. — Sempre está por perto, é alguém com quem você pode ver TV durante horas sem dizer nada, e tudo bem. Ou sentar nas arquibancadas e ficar rindo dos atletas. E às vezes ele se abre um pouco, como se não tivesse problemas em admitir que acha as coisas bonitas, como arte ou natureza, coisas assim. Mas nem fala tanto quanto costumava; é muito mais introvertido e difícil. Quase frio. Desde o divórcio — constatou ela, chateada.

Brian não disse nada, apenas ergueu as sobrancelhas como se dissesse: *dã*.

— Mas *eu* preciso da Amy também — falou ela bem baixinho.

Brian gargalhou.

— Claro que precisa. É *ela* que não parece conseguir organizar ou separar um tempo para você. Já tentou dizer isso a ela?

— Hã, meio que já. A coisa emocional é difícil quando a distância já existe e você está com raiva de alguém. — Ela mudou de assunto, subitamente desconfortável. — Então, e aí, como está a procura por emprego?

— Ah. — Ele se debruçou sobre o café. Os olhos castanhos se estreitaram e ficaram sombrios, como se estivesse tentando esquentar a bebida com visão infravermelha. Por um momento, ele não pareceu o Brian feliz e sensível. Pareceu outra pessoa, alguém bem mais revoltado. — Terrível. E meu pai... ele não está exatamente facilitando.

— Como?

— Sermões. Cartas. Avisos sobre meu futuro. — Brian suspirou. — Ele é muito vitoriano, posa de autocrata à mesa do café da manhã. Quer que eu faça algo produtivo com a vida. Como entrar no negócio da família.

— E qual é?

— Coisas. Muito. Chatas. Uma empresa de segurança... império corporativo, na verdade, tudo desde material para guarda-costas até sistemas de alarme. A maioria para empresas.

— Guarda-costas? Parece interessante! — Chloe se inclinou para a frente. Imaginou Brian vestido com algo estilo *Matrix*, preto e de neoprene, com botas de couro. Por algum motivo, não conseguia *deixar* de imaginar o gorro de gatinho, mas o restante da imagem era extremamente sexy.

— A maior parte do que ele faz é lidar com contratos. Cuidar da papelada, negociar com clientes importantes, realizar reuniões, análises empresariais, demissões... a porcaria corporativa de sempre. — Ele sorriu, melancólico. — *Juntamente* a Kevlar, Tasers e armas. Por isso meu interesse no departamento de caça e pesca sumiu. Soube do felino que precisam caçar em Los Angeles? Não é para mim. De volta a pistolas e outras armas de novo? Não, obrigado.

— Felino? Armas? — *Uma pistola de água não funcionaria?* Ela imaginou um gatinho enfrentando um pelotão de fuzilamento.

— Um puma — explicou Brian, rindo. Era como se ele pudesse ver exatamente o que se passava na cabeça dela. Chloe percebeu que se apaixonava um pouquinho mais. — Horrível, na verdade. Atacou um cara que corria sozinho à noite nas montanhas. Deixou-o em estado grave.

— O que ele estava fazendo correndo sozinho à noite no território dos pumas? — perguntou Chloe desafiadoramente.

— Não estava em nenhum parque ecológico nem nada. Estava morando num novo condomínio que construíram perto do parque, e o homem só corria pela vizinhança.

— Então os pumas devem saber exatamente onde terminam os parques ecológicos e começam as vias públicas, e evitar morder todos os enormes e suculentos hambúrgueres humanos que passeiam pelo território deles? E por isso vão matá-lo!? — A voz dela se ergueu quando falou aquilo.

— Chloe — falou Brian, olhando em volta de maneira tensa —, ele quase matou uma pessoa.

— E de quem foi a brilhante ideia de invadir o território dos pumas com condomínios, afinal? — insistiu Chloe. — Meu Deus, o que eles *achavam* que iria acontecer?

— Tudo bem — concordou ele —, não foi legal destruírem mais ainda o habitat deles. Mas as casas e os condomínios estão lá *agora*. Não vão sair. Como vai impedir que os pumas ataquem as pessoas?

— Cercas enormes? Avisos dizendo "Não corra à noite sozinho, imbecil"?

— Você realmente não sente nada pelo cara que quase morreu? — perguntou Brian baixinho.

— Claro que sinto. — Chloe suspirou. — O pobre coitado não estava fazendo nada de errado, além de ter comprado uma casa em um condomínio recém-construído em um parque ecológico, o que merece *algum* tipo de punição. Mas caçar e matar o felino é a resposta?

— O problema é que agora o puma não tem mais medo de humanos, e provou do sangue deles.

— Então temos de exterminar qualquer coisa que não tenha medo da gente. Parabéns pra nós, macacos evoluídos — disparou Chloe.

— Eu *disse* que não queria mais trabalhar para eles — murmurou Brian de modo defensivo. Ele balançou a cabeça para espairecer e mudar o assunto. — E *você*? O que quer ser quando crescer?

Chloe suspirou de novo.

— Não sei. Meio que eliminei musa do rock e estrela de cinema. Gosto muito de trabalhar na Pateena's, mexer com as roupas e tal. Ver o que as pessoas compram e por quê.

— Então, estilista de moda?

Ela gargalhou e fez que não com a cabeça, gesto que fazia seus cabelos curtos esvoaçarem em volta do rosto, o que ela sabia ser bonitinho.

— Não, essa é Amy. Ela é a estilosa e habilidosa. Sempre falamos sobre montar algo juntas depois da escola algum dia... hã, quando ela finalmente desistir do sonho de ser poeta. Amy faria os desenhos e eu gerenciaria a loja ou a empresa: contratações, maquinário, contabilidade... — Os olhos dela ficaram sonhadores, então se estreitaram. — Por isso me irrita o fato de que só a Lania pode trabalhar na registradora. Ela é um saco. E eu quero muito aprender essa parte do trabalho.

O rosto de Brian ficou inexpressivo por um momento.

— Ah, é aquela garota que vive fazendo piada sobre o modo como me visto?

— É. — Chloe riu. — Bom relacionamento com clientes, não é?

— Não — concordou Brian prontamente. — Então você vai conseguir um emprego no varejo depois da escola?

— Você é louco? — Chloe gargalhou. — Vou para a faculdade, bobinho. Minha mãe é advogada. Me mataria se eu não fosse. Além do mais, o varejo não é exatamente a melhor maneira de realizar uma ambição de vida. Não acho que o Sr. ou a Sra. Gap começaram sonhando atrás de um balcão e ganhando 5,50 dólares por hora. Vou me formar na faculdade, e se ainda quiser isso, farei um MBA. Não é assim que se faz?

Brian deu de ombros.

— Meu velho sempre disse que MBAs eram escolas de etiqueta para pessoas lerdas. Mas ele é antiquado e meio idiota.

Chloe olhou para ele, percebendo algo.

— Você é o primeiro da sua família a ir para a faculdade?

Brian corou.

— Ainda não entrei. Isso é parte do problema. Meu pai é terminantemente contra. Acha que é um desperdício de dinheiro e que não se aprende nada *de verdade*. Você é uma garota bastante intuitiva, sabia?

Ela sorriu, mas quando o encarou por um momento, Brian desviou o olhar. *Isso explica os livros, não eram apenas para me impressionar!*

— Sente-se melhor? — perguntou ele.

— Sim — admitiu Chloe relutantemente. — Ainda não sei o que fazer em relação à Amy, mas pelo menos não estou mais toda neurótica com isso. Acho que... Vou precisar dar a ela algum espaço para finalmente notar por conta própria como vem agindo, embora eu esteja muito solitária no momento.

— Você não está *totalmente* sozinha — falou Brian com um sorriso tímido.

Chloe *tinha* contado a ele sobre a torre, não tinha? Do nada. E ele nem surtara ou duvidara dela, apenas ouvira. Chloe não havia contado a mais ninguém, nem mesmo ao Alyec. *Alguém com quem conversar...*

— Se eu tiver mais experiências de quase morte, crises emocionais com a melhor amiga ou brigas com minha mãe, sei para quem ligar.

— Eu sou o cara — respondeu Brian, erguendo os polegares e piscando um dos olhos.

Por algum motivo, aquilo fez Chloe parar. O gesto era de algum modo familiar.

— Hã — disse ela, sem saber o que fazer. — Acho que eu deveria ir, antes que minha mãe perceba que fiquei tempo demais depois da aula.

— É. — Ele tossiu. — Claro. Mas fico feliz por termos nos encontrado.

Fica? Chloe não tinha certeza.

Ele se levantou e puxou a mesa para que ficasse mais fácil para Chloe se levantar com a bolsa cheia de livros e o casaco; mais um gesto típico do Brian. Ele não fez para se exibir ou de um jeito dramático, não demonstrou uma atitude do tipo "oi, estou sendo cavalheiro", não se desculpou pelo que poderia ser considerado um gesto patriarcal para a maioria das pessoas. Apenas fez. Cortesia não planejada. *Eu poderia* mesmo *passar a gostar disso*. A não ser pela coisa de não curtir o momento. Será que ele era tímido?

Do lado de fora, Chloe passou a echarpe em volta do pescoço de forma dramática duas vezes — o que mais poderia dizer? Estava no modo flerte máximo e esperava que Brian notasse. Era o único projeto de tricô que Chloe havia terminado, com material e acabamento da caixa de artesanato da mãe. Um patchwork grosseiro e feio.

— Quer se encontrar comigo de novo em breve? — perguntou ele, remexendo os pés no frio. — Não precisamos fazer a coisa do ska. Achei que, se quisesse, poderíamos ir patinar no gelo ou algo...

— Me beija, idiota — falou Chloe, consciente do ar de outono, do crepitar das folhas secas, da *vida* no ambiente. Ela estendeu as mãos na direção da cabeça dele.

Brian empurrou-a pelos ombros, de modo gentil, porém firme.

— *O quê?* — exclamou Chloe, corando e irritada. — É porque estou na escola ou algo assim? Você é só dois anos mais velho do que eu!

— Não... Sim. — Ele mudou a resposta, pensando ser uma saída mais fácil. Então suspirou e voltou a dizer a verdade. — Não, não é isso. Eu... apenas não posso, Chloe. Não agora.

— Por que não? — Ela bateu o pé, sem se importar com o quão infantil pareceria.

— Eu gosto muito de você... — começou Brian.

— Você é gay — interrompeu Chloe. — Não, espere... é *casado*. Por isso disse que não tinha *namorada*.

— Não sou gay, nem sou casado. Chloe, gosto de você de verdade. Eu... — Ele estava prestes a tentar se livrar daquilo com uma banalidade, mas Chloe lançou um olhar de advertência. — Eu *quero* você — sussurrou Brian. — Eu só... não posso... agora.

— Tem algo a ver com seu pai? — perguntou ela. — Porque se sim, ele não está vendo agora, posso garantir.

Os ombros de Brian desabaram e uma expressão sombria tomou seu rosto. Pela primeira vez desde que Chloe o conhecera, ele parecia uma pessoa completamente diferente: assombrado, conflituoso e, acima de tudo, *derrotado*.

— O que é então? — perguntou ela, com um pouco mais de delicadeza.

Brian suspirou.

— Não sei.

Chloe caminhou para casa melancolicamente, deprimida demais para correr. Mas ao passar por um parquímetro e um carro familiares, de repente se deu conta. A noite com a outra pessoa felina. Ele tinha erguido os polegares também, e virado a cabeça de um jeito que parecia estar dando uma piscadinha.

Treze

Chloe não teve muito tempo para pensar no que notara; era noite de pizza. Ela e a mãe pediam comida com bastante regularidade, várias vezes na semana. Mas *pizza* era especial, e elas raramente pediam, o que mantinha a natureza festiva da ocasião.

Certa vez, havia um ano ou mais, Chloe tomou uma atitude madura e responsável e, durante um mês, tentou fazer o jantar para elas pelo menos uma vez por semana, mas tal fase foi passando desde que ela e a mãe começaram a brigar cada vez mais. *Eu devia começar a fazer aquilo de novo...* Era difícil Chloe se lembrar de que a mãe era uma *pessoa*, em geral exausta e com os próprios problemas, mas quando o fazia, ficava genuinamente arrependida.

E sentia-se mal por ser um fardo.

Pediram uma pizza grande de pepperoni e dividiram sem mencionar cinturas, calorias, gordura ou nada. Raramente uma fatia chegava a um prato — uma das duas a pegava e mandava diretamente para a boca. A televisão estava desligada. A coisa toda era um pouco forçada, mas estavam rindo — principalmente quando a mãe ficou com um sorriso vermelho de Ronald McDonald no rosto, de orelha a orelha, por causa do molho de tomate.

— Você está... bem? — perguntou, finalmente, a Sra. King quando as gargalhadas cessaram.

Chloe se remexeu na cadeira e brincou com uma das bordas de pizza no prato, as quais sempre deixava para o final, quando as degustava como uma pilha de pão ou aperitivos em palito.

— Mãe, quero sair — falou Chloe baixinho. — Com... garotos.

Ou ao menos quero parar de mentir a respeito disso.

A mãe olhou para ela, visivelmente impressionada com o tom maduro da filha.

— Olha, sei que você disse que isso foi, tipo, a última coisa que papai pediu antes de ir embora, mas... ele se *foi* — disse Chloe, indicando os dois assentos vazios à mesa. — Ele não esteve aqui pelos últimos 12 anos. Não acho que tenha o direito de comandar minha vida.

— Eu *nunca* concordei com as opiniões de seu pai a respeito da sua criação — falou a mãe, destacando outra fatia de pizza com mais força do que era necessário. — No final de tudo, não concordávamos em *nada*. — Ela mordeu e mastigou, pensativa. — Bem, provavelmente não concordávamos em nada no início também, mas estava tudo escondido sob as brumas cor-de-rosa do amor jovem. E nós dois amávamos *você*.

Chloe permaneceu calada, e até prendeu a respiração para não interromper a linha de raciocínio da mãe.

—No fim, você era tudo o que tínhamos em comum. — A mãe suspirou e deu um sorriso triste para a filha. — E começamos a brigar por sua causa.

— Então, manter a última coisa a respeito da qual discordavam mantinha o papai aqui de alguma forma?

— Você assiste a *muita* TV durante o dia — falou a mãe em tom de brincadeira, mas não discordou.

— Se ele me amava tanto, seria bom que ao menos ficasse por perto um pouquinho — murmurou Chloe.

As duas ficaram em silêncio por alguns minutos, mastigando.

Então a Sra. King se esticou na cadeira e encarou Chloe diretamente, tomando uma decisão.

— Você não pode ficar matando aula e caindo de torres e fugindo de hospitais e nem ficar sozinha com garotos durante o horário de aulas. Já *viu* as notícias recentemente? Sobre aquela menina morta, esfaqueada no beco? Eles acham que o agressor a conhecia. É ruim o suficiente lá fora, mas você também tem mentido para mim, então como posso confiar em você?

A primeira reação de Chloe foi contestar que aquilo não era justo, mas, infelizmente, a mãe tinha um bom argumento.

— Tudo bem — disse a Sra. King, decidida. Ela falava com a voz de advogada. — De agora em diante, um recomeço entre nós, está bem? Você pode sair e fazer todas as coisas "normais", e não pense que não vou conversar com os outros pais para saber o que, exatamente, é considerado normal. Mas não pode mais matar aula. Precisa me dizer aonde vai e quando. E às vezes, um dia ou outro, vou dar umas incertas. Você não tem um histórico muito bom, mocinha. — Ela franziu a testa para Chloe. — Quero fazer parte da sua vida e ajudá-la e protegê-la... — Chloe tentou não rir dessa última parte, lembrando o que havia feito com o mendigo. — *Capisce?*

— De acordo — respondeu Chloe concordando com a cabeça.

— Que bom. — A mãe pegou mais um pedaço enorme de pizza.

— Fiquei menstruada — disse Chloe alegremente.

A Sra. King engasgou.

No dia seguinte, na escola, Chloe se pegou revisando tudo o que sabia a respeito de Brian. Pensou no gorro de gatinho, em como ele sabia tanto sobre leões, em como ficou preocupado com a possibilidade de ela ter contado a mais pessoas que havia sobrevivido à queda, como se tivesse medo de que descobrissem o segredo dela. E o sinal de positivo com os polegares fazia tudo se encaixar. *Ele deve ser mesmo a outra pessoa felina!* Chloe não podia acreditar não ter percebido antes. Tudo fazia sentido, a começar pelo primeiro encontro dos dois e a atração instantânea.

Mas por que ele simplesmente não revelava tudo a ela? E por que não a beijava? Teria algo a ver com o fato de serem pessoas felinas? Chloe estava certa de que ele contaria em algum momento, de que tudo seria revelado no tempo certo. Mal podia esperar. Brian era tudo o que ela desejara: alguém com quem conversar e alguém que poderia contar a ela sobre a natureza felina e ensiná-la a respeito disso.

Ficar com ele também seria legal, no entanto, não pôde deixar de pensar.

Aos poucos, foi pensando nas partes menos emocionantes da conversa... Tipo: o que ela realmente *queria* ser quando crescesse? Todas as respostas que dera a ele foram verdadeiras, mas estariam certas? Entrar na indústria da moda era a coisa certa a se fazer? Ou ela deveria procurar uma causa maior, algo não lucrativo, algo pelo bem do mundo? E quanto aos sonhos de criança: bombeiro, astronauta, presidente. Poderia realmente eliminar *todos*? Era jovem demais para filtrar as opções?

Eu deveria conversar com o orientador do colégio, concluiu Chloe. Era o último tempo do dia; muitos dos professores já estariam esquentando os motores dos carros ou fazendo a última pausa para fumar. E exceto pelos membros da Sociedade da Honra Nacional — como Paul — o orientador era com certeza um recurso inutilizado da escola. Muito provavelmente estaria livre. Ainda que ficasse com medo de conversar com ele, Chloe poderia ler os folhetos do lado de fora do escritório. Pareceram terríveis antes, mas alguns eram distribuídos por empresas, lembrou ela, e falavam sobre opções internas de carreira. Paul mencionara vagamente uma carreira editorial em determinado momento, depois de desistir da indústria musical, e pegara um monte de folhetos.

Chloe estava passando pelo escritório do jornal da escola e viu-se instintivamente se dirigir a ele — provavelmente porque estava pensando em Paul — antes de se lembrar e continuar andando. *Não* estava com vontade de ver qualquer um dos integrantes do casal do ano.

Tarde demais.

A porta se abriu e Paul saiu com uma nota de um dólar na mão, provavelmente a caminho da máquina de lanches no refeitório.

— Oi, Chloe — disse ele, um pouco surpreso, mas não chateado.

— Oi — respondeu ela, e parou de andar. Mas não disse mais nada, apenas ficou ali, olhando para ele, um pouco entediada e impaciente.

— Soube que você e Amy brigaram — falou Paul levemente surpreso, parecendo se referir a outras pessoas, como uma fofoca quente da escola. Ele estava *quase* arrumadinho naquele dia, com calças cáqui e uma camiseta justa de aparência cara, off-white e com listras vermelhas nas costuras, além da minúscula insígnia da Puma nas costas.

— Hum, é. — Chloe tentou parecer fria. — Amy ficou puta porque eu não quis ir até a casa dela. Mas *me* dispensou quando mandei uma mensagem sobre o almoço e ela nem mesmo leu.

— Ah — falou Paul, transferindo o peso do corpo de um pé para o outro. — Ela não me contou essa parte.

— *Quel surprise* — murmurou Chloe.

— Você fica incomodada com o fato de estarmos juntos?

Aquilo era tão Paul. Reservado, reservado, silencioso, então... pou! O soco direto e emocional.

— É um pouco estranho — admitiu Chloe finalmente. — Mas isso não me incomoda tanto quanto o total desaparecimento dela, e o seu, da minha vida. Quero dizer, ela sempre fica envolvida com os namorados, e você sempre teve a coisa da "namorada secreta"... Mas isso é diferente. Não andamos juntos desde aquele encontro esquisito com Alyec. Não *quero* fazer um encontro a quatro; quero apenas andar com vocês como costumávamos fazer.

Paul concordou, sem dizer nada.

— Muitas coisas têm acontecido comigo recentemente e ela não... Nenhum de vocês tem estado por perto para ouvir. É como se ela sequer se importasse mais.

— Eu acho — começou Paul delicadamente — que ela pode estar um pouco... preocupada com sua escolha atual de namorados.

Qual deles?, quase perguntou Chloe.

— *Alyec?* Que porra é essa, cara? Eu não fiquei puta nem fui grosseira com ela em relação ao Ottavio ou àquele perdedor do Stevie, que levou a merda do *ecstasy* para a casa da minha mãe e tentou vender na minha festa de *Halloween*.

Paul concordou novamente, ficando mais silencioso conforme Chloe falava mais alto. Ele não discordou.

— Alyec é totalmente lindo, não se acha o máximo e não trafica drogas. Olha, quer saber, tanto faz — falou Chloe, se acalmando. Podia sentir as pontas dos dedos coçando de novo. — *Eu* acho que Amy está sendo uma vaca em relação a tudo e, sinceramente, não tenho tempo para lidar com as merdas dela agora. Se não vai ficar por perto e me ouvir, ao menos pode manter distância e calar a porra da boca.

Paul ergueu as sobrancelhas. O movimento não se espalhou pelo restante do rosto; ele parecia um deus do fogo ou algo assim, com as protuberantes maçãs do rosto imóveis e olhos tão escuros que não era possível distinguir a pupila da íris.

— Desculpa pelo falatório. — suspirou Chloe. — Preciso ir.

— Chloe... — Paul parou. — Sinto muito. Não me confunda com ela.

Chloe ficou mais gentil. Ele parecia ansioso, genuinamente preocupado.

— Não vou. — Ela o beijou na bochecha, lembrando-se com assombro de como tivera vontade de beijá-lo algumas semanas antes. Tal desejo não se manifestou desta vez; houve apenas afeto e amizade. *Do modo como deve ser.*

Paul sorriu.

— Tudo bem. Então, vejo você depois?. — Era uma pergunta, uma promessa.

Ele continuou a caminho do refeitório, o que era um alívio. Se tivesse voltado para dentro do escritório, Chloe teria suspeitado de que ele telefonaria ou enviaria uma mensagem ou e-mail para Amy. Ou pior, de que Amy tivesse estado lá dentro o tempo todo. Quando Paul virou a esquina, Chloe se inclinou para a frente e inspirou. Não sabia exatamente que cheiro estava *buscando* — caso alguém perguntasse, jamais conseguiria descrever o cheiro de Amy a não ser pelo perfume Anna Sui que a amiga usava às vezes —, mas Chloe simplesmente presumiu que seria um cheiro reconfortante, vagamente familiar.

Mas não havia. Apenas Paul e seu cheiro masculino, levemente acre — não era ruim, ele provavelmente só tinha esquecido de tirar do cabelo o gel do dia anterior. E o cheiro da pele dele — imagens se formavam na mente de Chloe, mas nenhuma combinava ou descrevia o cheiro exatamente. Sabonete Ivory, sândalo; algo calmante, profundo e bom.

Ah, e sob tudo isso, uma embalagem de Cheetos que ele provavelmente consumiu alguns minutos antes.

Eu poderia ser um cão farejador, pensou Chloe com esperteza. Então pensou em Paul: ele só comia porcarias quando estava nervoso. Poderia ser por causa da trigonometria, de Chloe ou de Amy.

Ela seguiu até o escritório do orientador e começou a olhar os folhetos, torcendo o nariz para o do exército, o do Programa de Treinamento de Reservistas e outros de cunho militar. Esses ela pegou e, discretamente, jogou na lixeira. Um primo de Paul havia sido morto em Bagdá — alistara-se no exército porque o pai não queria mandá-lo para uma universidade americana e ele não queria voltar para a Coreia. Exatamente como Brian, mas o primo de Paul não se importava em usar armas.

— Srta. King. Você é a *última* pessoa que eu esperava ver aqui.

Chloe tentou não olhar para o Sr. McCaffety com um ar de surpresa desagradável. Ele era um *típico* orientador de escola, com caspa aparente e sapatos sociais muito feios.

— Menos ainda do que, digamos, os garotos que fumam no estacionamento durante o almoço?

— Bem observado — admitiu o orientador. Ele bebeu um gole de café de uma caneca que dizia Melhor Pai do Mundo. Uma foto desfocada das filhas gêmeas estava gravada abaixo das palavras, uma pista clara da humanidade dele, de uma vida além daquelas paredes. — Quis dizer que não esperava que viesse aqui por livre e espontânea vontade.

Chloe deu de ombros, apontando para a pilha de livretos.

— Não sei o que quero fazer. — *Da vida, dos meus namorados, da minha melhor amiga, da ameaça à minha vida...*

Os olhos do Sr. McCaffety se iluminaram.

— Bem, eu quero ir embora — disse ele honestamente —, mas por que não marcamos um horário?

— Tudo bem — respondeu Chloe, um pouco na defensiva. Ela esperava que ninguém mais soubesse daquilo. — Tenho o segundo tempo livre às segundas, quartas e sextas...

— Ótimo. Que tal na sexta?

— Hum, tudo bem, acho.

— Há algo que eu precise pesquisar ou saber antes de você vir?

Pesquisar? Ele vai mesmo procurar por coisas para mim? Chloe corou.

— Estou meio que interessada na indústria da moda...

— Ah. Designer ou executiva?

— Executiva. — Aquilo era muito estranho. Ele a estava levando a sério. Levando a sério o que ela queria fazer da vida. Como se não fosse uma adolescente sonhadora de 16 anos com ilusões de grandeza.

— Excelente! Bem, veremos o que conseguimos encontrar. Vejo você na sexta, então.

— É, OK — concordou Chloe, um pouco aérea.

— Oi. — Alyec alcançou Chloe no momento em que ela ia pegar o ônibus de volta a Inner Sunset. — Quer vir comigo até o outro lado da rua? Preciso ir à loja de quadrinhos. Podemos ir juntos.

Quarta-feira é dia de quadrinhos. Alyec lia quadrinhos? Chloe reparou que cada novo detalhe sobre a personalidade e a vida do garoto revelavam que ele era... bem, mais garoto. *Se não fosse pelo sotaque e pela beleza, ele poderia muito bem ser um Alex que cresceu em Valley ou em Idaho ou algo assim.*

— Tenho trabalho hoje — respondeu ela, olhando para o relógio e tentando não sorrir. —Se for no caminho e demorarmos menos de meia hora, posso acompanhar você.

— Ah, eles já embalaram e deixaram as revistas no balcão para mim — disse Alyec com simplicidade. Ele não *parecia* um leitor de quadrinhos, não como os homens e mulheres de pele pálida que já estavam correndo escola afora amontoados em um bando protetor. Paul era um deles, distinguível pelo tom de pele levemente mais saudável. Ele acenou para Chloe quando o grupo passou. Estavam todos rindo, discutindo e citando em voz alta frases de filmes, livros e programas de TV. Chloe sentiu uma pontada de tristeza ao vê-los passar. Eram um pequeno clã no qual todos eram aceitos; caso algum agisse como um idiota — como, digamos, Amy —, havia pelo menos cinco outros com quem se poderia encontrar consolo. *Além disso, eles provavelmente achariam minhas garras muito legais.*

— Eu seria a deusa deles — pensou ela em voz alta.

— Você seria a deusa de *qualquer um* — falou Alyec, sem ouvir de verdade. — Vamos. Quero chegar antes da multidão. — Ele a pegou pela mão e guiou o caminho. Vestia um casaco de gola rulê marrom, jeans que se moldavam ao corpo perfeitamente e sapatos de couro de estilo europeu, e se parecia exatamente com um modelo, ou um deus de lábios carnudos escutando uma música nova bem legal num comercial da Virgin.

— Os outros populares sabem que você faz isso?

— Eles aceitam. — Alyec deu de ombros. — Você e seus amigos falam muito em "popular" — acrescentou ele, mas não fez um comentário ou tirou conclusão alguma.

Chloe esperou do lado de fora da loja, menos por estar envergonhada, mais pela claustrofobia; a loja minúscula estava lotada de gente. Também se sentia um pouco esquisita: lá estava ela, uma pessoa de verdade com habilidades estranhas de verdade. Se preocupava que os leitores de quadrinhos pudessem descobri-la ou perceber que era diferente.

— Ah — exclamou Alyec ao voltar. — A edição do *Super-Homem* desta semana parece estar uma droga. Graças a Deus existe *O Justiceiro*.

— Bem, é o que você merece por ler coisas de criança — falou Paul, saindo atrás deles. Para a surpresa de Chloe, Alyec não ficou chateado.

— É, eu sei. — Ele suspirou. — Mas sabe, o Super-Homem é um símbolo dos Estados Unidos, então quando eu estava na Rússia, significava muito para mim. Rock. Televisão. Dinheiro.

— Você não quis dizer a verdade, justiça e o american way? — perguntou Paul, com um sorriso sutil.

— Tanto faz. É a mesma coisa. — Chloe olhou do melhor amigo para o namorado, que eram tão diferentes quanto o Sol e Plutão, conversando tranquilamente.

— Acho que a nerdice é o grande nivelador — observou ela.

— Você ainda não viu nada — respondeu Paul, sorrindo. — Espere até haver uma convenção. Bem, preciso ir... — Ele hesitou. *Buscar Amy*, Chloe percebeu. — Buscar Amy — disse ele, finalmente, determinado a manter as coisas normais dentre todos. Chloe ficou feliz; ao menos eles dois ainda conseguiam se comunicar.

— Vamos. — Chloe arrastou Alyec, que havia começado a verificar a sacola de papel pardo com as aquisições. — Vou comprar uma batata frita para você. — Ele ficou mais animado e a seguiu. Como muitos dos populares, Alyec nunca parecia ter uma bolsa com livros, mochila ou nada, nem mesmo uma daquelas pastas. Chloe se perguntava onde eles colocavam todas as coisas.

Pararam no McDonald's que ficava a um quarteirão da Pateena's, e Chloe manteve a palavra, embora não o tivesse deixado comer nenhuma batata que não estivesse nos lábios dela.

— Isso não é justo — falou Alyec, mordendo uma e beijando Chloe. — Você fica com a metade.

Ela mergulhou um dedo no ketchup e o lambeu sugestivamente.

— Ei, está reclamando?

— Não. — Ele a beijou novamente, sem uma batata para atraí-lo.

Chloe parou, sentindo que alguém a observava. Havia passos interrompidos, um cheiro familiar...

Brian, percebeu.

Ele estava de pé do outro lado da rua, encarando os dois. A mágoa estava visivelmente estampada no rosto dele.

— Espera um pouco — falou Chloe para Alyec, que casualmente pegou as batatas e começou a jogá-las para dentro da boca o mais depressa que pôde. Ela correu até o outro lado da rua.

— O que está acontecendo? — perguntou Brian, nervoso, apontando para Alyec. Mais uma vez, estava todo vestido de preto e com os olhos brilhantes e atentos.

— Como assim?

— Com ele? O que está fazendo? *Com ele?* — Brian tentou falar baixo, mas o volume da voz se elevava mais e mais.

— Brian, você disse que não podia — Chloe se encolheu diante das palavras minuciosas e adultas — começar um relacionamento físico comigo.

Ele olhou para ela de forma incompreensiva.

— Você não me beija! — continuou Chloe, finalmente, de maneira exasperada. — O que você é? Um amigo? Então não deveria se importar se eu saio com alguém. Um *namorado*? — Ela deixou a última palavra no ar, sem precisar acrescentar nada após.

— Não percebi que era tão importante para você... — começou ele de modo hostil.

— Não me venha com essa palhaçada — replicou Chloe, irritada. — Estamos em pleno século XXI, sou uma garota de 16 anos, e querer um beijo de boa-noite do meu namorado não é esquisito ou depravado!

Brian abaixou a cabeça.

— Eu gosto de você — disse ela, e suspirou. — Gosto mesmo. Mas perguntei antes... E agora? O que quer que a gente seja?

Brian balançou a cabeça e foi embora, os olhos vítreos.

Chloe observou com tristeza, mas não o seguiu. Alyec foi até ela, parecendo não se preocupar com o incidente. Ele estava usando a última batata para raspar o fundo do ketchup.

— Quem é aquele? Outro namorado? — perguntou, despreocupado.

— Hum, meio que sim — respondeu Chloe, espantada com a honestidade dele.

— Você ainda não fez nada com ele. — Foi mais uma afirmação do que uma pergunta.

— É? E como *você* saberia?

— Ele ainda está vivo. — Alyec sorriu para ela. — Você destruiria um garoto como ele e o cuspiria de volta quando tivesse terminado.

Chloe respondeu com um leve sorriso.

Quatorze

Chloe passou a tarde inteira na Pateena's pensando na conversa com Brian. Achava que tinha sido extremamente madura e que lidara com tudo surpreendentemente bem, dizendo todas as coisas certas ao menos uma vez. Mas ainda assim tinha sido uma conversa feia e horrível, e havia terminado de um jeito ruim.

Marisol reparou na tristeza dela.

— Ei, qual é o problema? Você geralmente separa tudo isso em uma hora — falou, apontando a pilha de blusas.

— Lembra de quando eu não tinha ninguém e você me disse para arrumar alguém? — perguntou Chloe com um sorriso torto.

— Sim.

— Agora tenho dois. Um mal me toca e o outro... Bem, ele não faz exatamente o tipo Sr. Sensível/Gênio.

Marisol assobiou.

— Ah, as tragédias e os problemas do colégio. *Dois* namorados. Nossa. Bem, vamos fazer o seguinte: se você terminar isso em até vinte minutos eu pago *un café* para aliviar essa sua cabecinha bagunçada.

Chloe não conseguiu conter um sorriso; a chefe estava certa. De uma perspectiva externa, Chloe estava reclamando de um excesso de coisas boas, de escolhas demais. *Pena que não possa combiná-los. Teria um idiota castrado ou um Sr. Certinho extremamente sexy.* Aquilo não tornava menos terrível o modo como Brian se sentira, no entanto. Mas se ele não queria vê-la com outro garoto, por que não disse ou fez alguma coisa? Será que ela estava sendo atirada demais? Seria essa nova Chloe, sexy e confiante, demais para ele? Será que Brian achava que ele deveria dar o próximo passo? E, mais importante, será que Chloe se importava com ele o suficiente para se adequar? Por um lado, os dois só tiveram dois encontros. Por outro lado, ela gostava *mesmo* dele. Talvez tivesse algo a ver com o fato de ele ser outra pessoa felina...

    O café que Marisol comprou acelerou os pensamentos de Chloe, mas não fez a tarde passar mais depressa. Nem a música "Torn Between Two Lovers", que de alguma forma tocou três vezes durante a tarde. Era estranho o número de clientes que assobiava ou cantava junto.

    Finalmente o sol começou a se pôr e era hora de fechar. Chloe ligou para a mãe e avisou que voltaria direto para casa depois de ajudar Marisol com o portão. A Sra. King agradeceu pelo aviso mas disse que chegaria em casa um pouco mais tarde; ia sair com uma das advogadas que acabara de descobrir estar grávida. Chloe não sentiu necessidade de mencionar ter comido batatas fritas com Alyec; havia sido oficialmente no caminho da escola para o trabalho, mais um desvio do que um destino.

    Ela recusou imediatamente o dinheiro de Marisol para o táxi desta vez, dizendo que iria até a delicatéssen no final da rua para esperar pela carona da mãe. Assim que Marisol saiu do campo de visão, Chloe saltou um banco, então uma árvore, e subiu em um telhado, determinada a chegar o mais próximo de casa que conseguisse sem pisar no chão.

Um! Contou ela após correr e saltar sobre o telhado de um conjunto de casas geminadas. Tinha uns bons 30 metros. *Dois!* Ela saltou para outra casa ao lado, que era bem mais baixa do que Chloe esperara, detalhe que a fez precisar rolar para conter a inércia e evitar que as pernas quebrassem. Ao final ela se esticou, fazendo um pouso de estilo olímpico a não ser pelo agachamento tipo gato sobre os quatro apoios.

Três! Quase sem parar, saltou diretamente para a garagem da casa seguinte...

... e sentiu uma pontada na perna esquerda, algo se rasgar. Chloe deu impulso para a frente, mas o instinto tomou conta e a fez encolher a perna ao cair, errando o telhado completamente e pousando na calçada. Ao olhar para baixo, Chloe viu filetes de sangue ao longo da pele até a calçada e um objeto metálico e afiado com a ponta cravada em sua perna. Chloe o arrancou, mordendo o lábio de dor, e segurou o objeto sob o luar.

Uma estrela ninja, percebeu incrédula. *Como nos filmes.* Aquela tinha dez pontas, cinco delas largas – uma estava coberta por sangue e pedaços de pele – e cinco menores entre elas, talvez para decoração ou para fazê-la girar. Havia algo escrito ali, mas antes que conseguisse ler, Chloe ouviu uma leve vibração. Abaixou a cabeça até o chão, apoiando-a nos braços — caso tivesse orelhas de gato, teriam ficado achatadas. Outra estrela ninja passou voando e se prendeu a um pneu. Ouve um barulho de sssssssssht conforme o pneu esvaziava aos poucos.

Chloe saltou de pé, se virando e pousando no topo do carro.

— Excelentes movimentos — falou uma voz das sombras. — Vejo que finalmente alguém está treinando você.

— Quem está aí? Apareça! — A luz dos postes era refletida nos cacos de vidro e metal da rua. Todas as casas estavam escuras ou com as cortinas tão fechadas que pareciam estar vazias. Buracos que antes poderiam ter abrigado árvores e arbustos estavam cheios de latas de cerveja ou brinquedos velhos. Aquela era, como a mãe de Chloe diria, uma vizinhança ruim. A figura estava escondida atrás de um carro tão velho e enferrujado que provavelmente poderia ser arrancado da trava presa ao pneu direito da frente.

Uma brisa passou e Chloe farejou; aquela *não* era a pessoa felina da outra noite. Por alguma razão, ela estremeceu. O que estava acontecendo?

Houve outro *ssssht* quase silencioso. Chloe agachou bem a tempo de evitar mais uma estrela ninja, esta direcionada para o pescoço. Ela imaginou quantas ele deveria ter e se virou para sair correndo.

Então concluiu algo: *Ele está usando armas que precisa* jogar — *só estarei em perigo se ficar* longe *dele...* Chloe deu meia-volta e correu por sobre os tetos dos carros na direção do homem. Ela saltou até onde achava que ele estivesse escondido, urrando e gritando para assustá-lo e fazê-lo sair.

Funcionou: o homem se jogou para fora do caminho de Chloe, para o meio da rua.

— Muito bom.

A luz da rua revelou que ele era alto e magro, com os músculos das pernas e braços definidos. Vestia uma roupa escura, quase militar, com um cinto largo — *onde ficavam as armas* — e uma jaqueta de couro preta e larga — *que servia como proteção*. Tinha o cabelo tão loiro que era quase branco, e estava preso em um rabo de cavalo. Os olhos eram azulados. Era difícil dizer quantos anos tinha, mas uma coisa era certa: o homem não parecia completamente são. As pupilas pareciam alfinetes pretos, o que era especialmente estranho considerando a escuridão.

Ele pegou uma adaga e se agachou levemente, como um lutador de rua. *Como em Street Fighter.*

Isso é loucura, pensou Chloe. *Ninguém age assim.* Mas era óbvio que o homem estava levando aquilo a sério — e teria de ser tratado com a mesma seriedade.

Ele estava esperando que ela o atacasse. Alguém jogou uma latinha pela janela; caiu na rua e então rolou até a sarjeta.

— Posso... ajudar você? — perguntou Chloe, sem saber se corria ou continuava o diálogo.

— Qual é o problema? Não tem vontade de lutar? O antigo instinto ainda não despertou em você? — disse o homem com escárnio.

— Eu meio que tinha planejado beber um chocolate quente e ir dormir cedo, na verdade. — Chloe se movimentava em círculos com cuidado, mantendo uma árvore entre os dois.

— Você quase parece humana. — O homem movimentou a mão esquerda para criar uma distração e atirou a adaga em Chloe com a direita. Ela saltou, mas a arma cortou seu ombro ao passar.

Ele tinha duas adagas agora, uma em cada mão.

— Onde você guarda tudo isso? — quis saber Chloe, tocando o ombro. Naquele momento, correr certamente significaria a morte: por duas lâminas ligeiras, uma no pescoço e outra nas costas.

— Vejo que ninguém lhe avisou a meu respeito como deveria — falou o homem, quase desapontado.

— Não, ninguém me avisou sobre um psicótico maluco cheio de lâminas... — Então se lembrou. *Sua vida está em perigo. Cuidado com as companhias. Esteja preparada e pronta para correr. A Ordem da Décima Lâmina sabe quem você é...*

Ordem da Décima Lâmina? Ela pensou na estrela ninja. *Talvez signifique que ele só tenha dez adagas?* Por algum motivo, Chloe não achou que fosse isso. Não ficaria surpresa caso ele tivesse um tanque escondido em algum lugar do corpo.

— Uma pena. Você deveria conhecer seu carrasco.

Chloe estremeceu de novo; sentiu os pelos dos braços e ombros se arrepiarem. Mesmo que fosse louco, ainda falava sério.

— *Meu* carrasco é provavelmente toda a gordura trans nos biscoitos Oreo e essas coisas — replicou ela. *Ele vai atacar... ele vai atacar! A qualquer segundo...*

— *Id tibi facio* — sussurrou o homem, e disparou.

Chloe saltou para o lado, um décimo de segundo tarde demais... ele a cortou novamente, mas um corte superficial desta vez. Ele não se movia como o mendigo da outra noite; era rápido e bem-treinado... um lutador profissional. *Matador* profissional, ela se corrigiu. Queria *matá-la*. Chloe saltou novamente quando o homem investiu com a adaga contra ela, percebendo que não tinha tempo para pensar, apenas para reagir.

A perna esquerda de Chloe latejava. Ainda estava sangrando.

Ele atacou a barriga dela com um golpe em meia-lua ao mesmo tempo em que ela saltou para cima e se agarrou a um galho de árvore, puxando o tronco para fora do caminho da arma. O homem girou, usando o impulso para golpear Chloe quando ela voltasse para o chão, mas a garota se agachou para evitar. Ele permanecia fixo à calçada; sempre que Chloe dava um passo para trás, ele a seguia; quando ela saltava para o lado, lá estava ele com a adaga.

Eu preciso atacá-lo.

Chloe se abaixou quando o agressor brandiu uma lâmina pelo ar acima da cabeça dela. Quando se levantou, rasgou a virilha dele com as garras. Mas elas rasparam algo metálico.

O homem riu.

Chloe precisou rolar rapidamente para longe quando ele atirou uma adaga. Ela viu pequenas fagulhas azuis saltarem quando a lâmina atingiu o concreto com uma força incrível. Então ergueu um dos pés e chutou o homem diretamente na panturrilha. O impacto foi suficiente para dar um pouco de esperança a ela.

Lute mais de perto, os instintos diziam a Chloe. Mesmo aterrorizada, obedeceu. Esperou até o último momento e então saltou para a frente, diminuindo a distância entre os dois e tentando golpeá-lo no rosto com as garras. *Mesmo que você atinja um mínimo de pele ou os olhos*, ela se lembrou do professor de defesa pessoal, *a dor será o suficiente para distraí-lo.*

Mas só se você acertar — o braço do homem subiu imediatamente e a bloqueou com o punho. Chloe ergueu o joelho para a virilha dele novamente, planejando *golpeá-lo* com muita força, pois imaginou que, ainda que ele estivesse usando algum tipo de antigo protetor genital metálico, cinto de castidade ou algo assim, doeria ao menos um pouquinho quando o objeto entrasse na pele. No último segundo, no entanto, ela saltou para o alto e chutou para baixo com os dois pés, acertando a virilha e empurrando com toda a força. Como faz um gato que estripa a presa.

Chloe foi recompensada com a primeira reação verdadeira do agressor: ele rugiu e tentou recuperar o fôlego.

Então investiu com os punhos, um após o outro, tentando atingi-la antes que Chloe se desvencilhasse. O homem rasgou a camiseta dela até a alça do sutiã, tirando sangue da parte macia do ombro.

Vou perder esta briga, percebeu Chloe, com um aperto no estômago. Ele parecia ser capaz de prever todos os movimentos dela — no entanto, não fossem pelos exercícios que a pessoa felina havia feito com ela na outra noite, Chloe não teria sobrevivido por tanto tempo. Estaria jogada na calçada, sangue escorrendo da garganta.

— Desista, blasfêmia da natureza — urrou ele. — *Demônio!*

Conforme as lâminas cortantes se aproximavam, Chloe o golpeava de volta, acertando-o com as garras e chiando.

Ele estava esperando por aquilo aparentemente, e a golpeou com uma joelhada no estômago.

Chloe caiu, incapaz de respirar. *Ele está tentando incitar minhas reações instintivas; assim que eu paro de pensar e reajo, ele sabe como me atingir.* Quando ela lutava, o homem conseguia derrotá-la. Ele era um bom *lutador*...

Aquilo deu a Chloe um mínimo de esperança. Ela se levantou devagar e o encarou.

— Então eu não o assusto? — perguntou ela. *Inicie um diálogo.*

— Sua espécie não me assusta — respondeu ele com desdém. — Apenas me enoja.

Chloe deu uma olhadela para a rua por cima do ombro do homem.

— E *policiais* assustam você?

Os olhos dele se arregalaram e o homem se virou para trás.

Chloe não achou que realmente fosse funcionar. Antes que ele percebesse que não havia nenhum policial a caminho, ela o chutou no estômago usando a sola do sapato com o máximo de força que conseguiu reunir. Então se virou, dando um salto mortal para trás com as mãos, o que a deixou, pelo menos, a 2 metros de distância do agressor.

Então correu, sem olhar para trás e concentrando todo o esforço na fuga, satisfeita ao ouvir o som surdo e pesado do corpo do homem batendo no chão.

Quinze

Chloe fez caminhos aleatórios para casa, às vezes dando meia-volta e refazendo a rota durante vários quarteirões, outras vezes correndo em círculos. Cogitou procurar um leito de água corrente para atravessar, de modo a disfarçar seu cheiro — antes de se lembrar de que *ela* era o animal; o agressor obviamente se orgulhava de ser um humano normal. *A não ser que ele seja um cão*, imaginou Chloe. Quem poderia dizer que, em um mundo onde uma garota podia ter garras, um homem não poderia ter uma focinheira e gostar de ossos?

A excitação da luta a motivava; parte de Chloe queria voltar e dar um fim àquilo. Enfrentar a morte.

Mas ela continuou correndo.

Quando finalmente sentiu que estava segura — depois de parar por *longos* instantes em lugares públicos como lojas de conveniência e pontos lotados do bonde, esperando para ver se o sujeito reapareceria — ela foi para casa e trancou as portas cuidadosamente atrás de si. Esperou na cozinha, escutando atentamente.

Após algum tempo, a adrenalina no sangue finalmente se dissipou.

Chloe começou a sentir medo.

Só porque tinha feito um caminho labiríntico de volta para casa, não significava que ele não poderia encontrá-la.

Obviamente o homem sabia quem ela era e o que era — o quão difícil seria descobrir onde morava? E *como* ele sabia tudo isso, pra começar?

Ele pode estar vindo atrás de mim agora.

De repente, Chloe se sentiu aterrorizada. Uma coisa era correr livremente pelas ruas, entre casas, a céu aberto — até para uma delegacia ou local público, caso precisasse. Mas agora ela estava presa. As janelas mostravam uma noite escura, com pontos de luz de outras casas e de postes, o que, de alguma forma, só fazia a noite parecer ainda mais sombria, com maior probabilidade de esconder monstros, vilões, psicopatas. Chloe jamais acreditara neles de fato, em pessoas que atacavam as outras sem motivo, invadindo lares — isso era coisa de filmes de terror e lendas urbanas. Mas agora ela sabia. Era real.

Chloe acendeu todas as luzes, mas os cantos ainda pareciam escuros e traiçoeiros. Queria colocar uma música ou ligar a TV, mas ficou com medo de não ouvi-lo chegar de fininho. Então se sentou no sofá, paralisada, certa de que no momento seguinte o homem irromperia casa adentro fazendo um imenso estardalhaço.

Só até mamãe chegar, disse Chloe a si mesma. *Ela deve estar aqui a qualquer minuto. Apenas fique calma até mamãe chegar em casa.*

A ideia era reconfortante.

Então se lembrou da briga, do olhar louco e frio nos olhos do homem, dos nomes pelos quais ele a havia chamado. Que hábito antigo e infantil a fizera acreditar que a *mamãe* poderia protegê-la? A Sra. King nem tinha a velocidade ou as garras da filha.

Um segundo pensamento, mais cruel do que esse, ocorreu a Chloe:

Se ele vier para cá, será culpa minha.

A mãe não só provavelmente não conseguiria protegê-la, como Chloe poderia estar levando o agressor diretamente para a casa dela; se não naquele momento, mais tarde — e se a mãe se machucasse, seria culpa de Chloe...

O que mais posso fazer?

Ela pegou o telefone. Talvez o cara conhecesse o segredo dela, mas ainda era um esquisitão violento, e Chloe tinha os arranhões e machucados para provar — poderia descrevê-lo para a polícia perfeitamente e deixar que *ela* lidasse com ele. Se o agressor acusasse Chloe de blasfêmia e mencionasse as garras — *principalmente* se ele mencionasse as garras —, chegariam à conclusão de que era um maluco de quem Chloe e o restante da sociedade precisavam ser protegidos.

Ela começou a discar o número da emergência...

Mas e quanto a Xavier?

Chloe parou. O que tinha acontecido com Xavier, afinal? E se ele tivesse morrido? *Nem todas as mortes saem nos obituários.*

O DNA dela estava nos lábios dele e na camisa. As impressões digitais, na maçaneta e no telefone. Caso houvesse uma investigação, ela seria ao menos interrogada como suspeita principal. E se a examinassem? Olhassem as garras, checassem as unhas, radiografassem os dedos?

Chloe se xingou por não ter procurado por Xavier, não descobrir o que havia acontecido. Se ele já não estivesse morto, as pessoas do hospital o interrogariam... "É, teve essa garota que eu conheci na boate; foi a última pessoa que toquei antes de ficar doente..." Maria Tifoide. Arranhões e bolhas pelas costas, nos lugares onde ela havia arranhado. Onde as garras de Chloe o haviam arranhado, caso ela soubesse. Daria uma cobaia interessante...

Chloe colocou o telefone de volta no lugar.
Tenho um segredo.

Não pareceu legal, como uma paixão secreta por um colegial ou uma fofoca picante. As garras, os sentidos aguçados, a velocidade, a liberdade, a noite — Chloe não percebera que vinham com um preço. Como na vez em que experimentou maconha, quando as risadas cessaram e ela se deu conta de que *havia feito algo ilegal;* que qualquer um dos amigos dela poderia tê-la denunciado se quisesse, e então ela teria uma ficha criminal, ou seria enviada para um reformatório. Tinha um segredo que era *passível de punição*.

O silêncio tomava conta da casa. De vez em quando um carro passava ou Kimmy, o shih tzu, latia. Chloe pensou em sair para ver se ele ainda agia de modo estranho perto dela, mas não conseguia nem pensar em abrir a porta.

Houve um som de arranhar metálico quando alguém jogou uma garrafa de vidro fora.

Chloe andou até os pés da escada e subiu na velocidade mais lenta na qual já se movimentara. Cada passo era calculado, cada momento, equilibrado. Ela ficou atenta para escutar passos na grama ou no concreto do lado de fora. Levou 12 minutos para subir os 12 degraus: mal podia escutar nada além das batidas do próprio coração e da respiração.

Quando finalmente chegou ao andar de cima, abriu a gaveta fazendo, ou pelo menos foi o que lhe pareceu, barulho *demais*.

Squiiik!

Mus-mus correu dela. Chloe abaixou a mão e ele correu até um canto e se encolheu. Ela franziu a testa. Pegou um cereal na sanduicheira e o ofereceu ao rato. Ele continuou no canto. Foi preciso quase cinco minutos para Mus-mus reunir coragem — e mesmo assim, simplesmente correu para a frente, pegou o cereal com a boca e correu de volta para o canto.

— O que deu em você? — perguntou Chloe. Ele era o único amigo dela na casa no momento; Chloe não tinha energia emocional suficiente para ver o *rato* dispensá-la também. — Vamos! — falou ela, um pouco mais irritada, esticando a mão para pegá-lo. Então reparou que as garras ainda estavam para fora.

Ele acha que sou um gato agora. Um predador.

Chloe se obrigou a relaxar, acalmou os pensamentos e esperou até as garras desaparecerem.

Mas quando estendeu a mão, ele ainda fugia.

Ela estava sentada sobre a cama, na mesma posição, encarando a gaveta fechada, quando a mãe chegou horas depois. Chloe não se mexeu quando o carro encostou ou quando a porta se abriu e a mãe subiu.

— Oi. — A Sra. King enfiou a cabeça para dentro do quarto com o rosto ligeiramente rosado pela bebida e diversão. — Você ainda não está na cama?

— Já estou indo. *Agora* — respondeu Chloe com um leve sorriso. As lágrimas haviam secado havia um tempo, mas deixaram rastros salgados nas bochechas dela.

Chloe *sabia* que não era mais seguro agora que a mãe estava em casa... mas, de algum modo, sentia como se fosse.

Dezesseis

Chloe não estava com vontade alguma de ir à escola ou ao trabalho no dia seguinte — ficar deitada na cama sob as cobertas definitivamente parecia uma escolha melhor. *Mas não a mais segura*. Lugares públicos como a escola e o trabalho eram sem dúvida os locais mais seguros para se estar, e entre um e outro ela se certificaria de que estivesse em meio a uma multidão ou com outras pessoas.

E em casa, à noite?

Nunca mais queria viver uma noite de medo como aquela. Pensar a respeito dava ânsia de vômito. Chloe não tinha dormido muito, acordando com qualquer barulho e ficando insone durante horas, seguindo cada som até seu completo silêncio: carros que dirigiam ao longe, alguém — possivelmente com um propósito malévolo *diferente* — que caminhava pela rua de madrugada, e que depois parou, mijou, e seguiu caminho. Um rato ou algo pequeno e barulhento que empurrava a comida pelo chão do lado de fora da janela de Chloe até um buraco durante, pelo que pareceu, metade da noite.

Ela ficou na internet por alguns minutos antes de se arrumar, procurando por sistemas de alarme, trancas de portas e sensores eletrônicos — a maioria dos quais parecia custar a partir de 500 dólares. Chloe tentou pensar em um modo de sugerir para a mãe: "Hã, houve muitas invasões recentemente e eu estava pensando...". A coisa mais fácil provavelmente seria comprar um monte daqueles apetrechos que impedem que as crianças entrem em armários ou quartos e espalhá-los pela casa toda.

Mas e quanto a *ela*? E se o agressor a atacasse novamente, de modo mais sorrateiro?

Ao pensar na briga, Chloe se lembrou de como ele mirara na garganta e em articulações importantes — ombros, joelhos — e, finalmente, na barriga. Ela precisava de algum tipo de proteção nesses lugares: armadura. Pegou a caixa de música que o pai lhe dera no último Natal que passaram juntos; era onde ela mantinha as joias preferidas e coisinhas brilhantes que nunca usava. No fundo, enrolado em um bracelete que viera numa caixa de cereais, havia um colar tipo corrente que ela comprara em uma feira da Renascença para a qual Amy a arrastara anos atrás. Chloe o colocou e se olhou no espelho. Os elos de aço formavam uma corrente de espessura fina, mas se a deixasse um pouco frouxa, então pelo menos protegeria a parte inferior do pescoço, onde as veias e artérias ficavam.

Chloe não tinha ideia do que fazer quanto aos joelhos e pernas. Flertava com a ideia de enrolá-los em bandagens de elastano, posicionando os fechos de metal em áreas mais vulneráveis. Para a barriga e os ombros, a coisa mais próxima de proteção que possuía era um colete de couro da Pateena's, muito anos 1970 e rachado em alguns lugares. Mas era de motociclista, grosso e forte. Chloe o desenterrou do armário e vestiu.

Some call me a space cowboy...

De verdade, só faltava um chapéu de cowboy e um cinto enorme com uma fivela de prata gigante. *Na verdade...* Chloe inclinou a cabeça para o lado. Levando em conta seu corte de cabelo, um par de brincos de pena também não ficaria ruim. Talvez um delineador preto, bastante rímel...

— Bom dia — gritou ela, correndo para o andar de baixo e seguindo diretamente para a porta. A mãe estava fazendo palavras-cruzadas; parecia jamais ficar com dor de cabeça ou de ressaca após sair à noite.

Chloe percebeu que estava quebrando uma regra enorme do novo pacto de "honestidade", e sentiu-se culpada — mas contar à mãe ajudaria em quê?

— Vai fazer alguma coisa depois do trabalho hoje à noite? — perguntou a Sra. King tentando parecer casual, sem tirar os olhos da revista.

Patrulhar o perímetro? Montar armadilhas? Tremer de medo?

— Hã, não, na verdade não...

— Pensei em fazer cordeiro esta noite. — Ela bateu a caneta contra os lábios. — Tenho um bom corte. Vai estar em casa às 20 horas?

Uma imagem passou pela mente da Chloe; ela chegava atrasada e encontrava a mãe morta no chão, vidro quebrado e sangue por toda parte, o cheiro de gordura de cordeiro queimada saindo do forno.

— Sim, claro — respondeu Chloe rapidamente.

Na escola, notou que poderia tirar sonecas de cinco minutos — sonecas de gato — durante a aula sem que ninguém reparasse. Embora sentisse vontade de se aconchegar e dormir por muito mais tempo — principalmente na aula de química, quando a luz do sol aquecia a cadeira e a mesa —, Chloe percebeu que mesmo os breves cinco minutos eram revigorantes. Deu sorte na aula de educação física: assistiriam a um vídeo sobre dirigir embriagado. Chloe conseguiu dormir por 45 minutos inteiros.

Durante a aula de civilização americana, foi acordada pelo celular vibrando. Tentou não pular na cadeira, irritada e surpresa por ser tirada de um sono profundo e sem sonhos. Era o número de Brian.

Imaginou se de alguma forma ele havia descoberto sobre o que acontecera na noite anterior. Ou, mais importante, se diria o quanto gostava dela e pediria desculpas por ter sido tão distante e esquisito. Ou talvez ele fosse enfim admitir que era a outra pessoa felina. Todas essas coisas seriam boas. *Qualquer uma* delas. Ela esperou até estar no corredor, depois da aula, para retornar a ligação.

— Você ligou? — perguntou ela com o telefone colado à orelha para que pudesse ouvi-lo acima do som da multidão.

— Sim... Chloe, precisamos conversar. — Ele parecia desesperado, sério.

— Claro! Pode me encontrar antes do trabalho, no café perto da loja, do outro lado da rua?

— Não pode sair mais cedo?

Chloe ergueu uma das sobrancelhas.

— Estou na escola, lembra? Não no "mundo real". Sair mais cedo significa ligar para minha mãe e aguentar as *consequências*.

— Ah. Certo. Tudo bem, então, às duas a quinze?

— Estarei lá assim que puder — prometeu Chloe. Ela colocou o telefone de volta no bolso.

— Oi, Chloe! — Alyec acenava para ela. Chloe sorriu e foi até ele, balançando os quadris de um jeito meio cowboy, meio sexy. — Colete legal. Então, Keira disse que você é uma piranha total. É verdade?

A boca de Chloe se escancarou... e ficou assim. Ela estava chocada demais para falar. As melhores amigas de Keira estavam próximas, ouvindo sorrateiramente. Alyec mantinha um rosto impassivelmente perfeito; suas expressões estrangeiras nunca revelavam muito.

Então Chloe gargalhou.

Era um momento tão tipicamente perfeito e idiota de escola, tão distante de psicopatas assassinos, poderes sobrenaturais e medos misteriosos quanto era possível. Uma lufada de ar fresco.

Alyec sorriu, satisfeito com a reação dela.

— Soube que é preciso efetivamente transar para ser uma — respondeu Chloe em voz alta. — Você deveria falar com Scott LeFevre ou Jason Buttrick ou... bem, todo o time de futebol da escola. Pergunte a eles sobre Keira.

As duas amigas da garota correram como dois passarinhos azuis da infelicidade, ansiosas para contar.

— Você parece tão para baixo — falou Alyec, passando a mão pelo cabelo dela de modo sexy. Ela pressionou a cabeça de encontro à mão dele, aproveitando a sensação. *Espero não começar a ronronar ou algo assim.*

— Eu... não dormi bem ontem à noite.

— Deveria ter me ligado. Eu iria até a sua casa e *depois* — falou ele, rindo maliciosamente — você teria dormido como um bebê.

— Você é um completo idiota — falou Chloe, sendo genuinamente sincera.

— E você adora isso, baby. — Ele se inclinou como se para beijá-la, mas parou um pouco antes, deixando um milímetro entre os dois, e ficou ali.

Chloe podia sentir o cheiro da pele dele, limpa e quente. Era como se ela tivesse acabado de virar uma dose dupla de uísque barato: uma queimação desceu até o estômago e pelo restante do corpo. Ela virou o rosto levemente para roçar os lábios pela bochecha dele, ainda sem tocá-lo, quase tomada pelo calor e desejo. Mas se conteve.

Alyec finalmente se afastou.

— Nossa — disse ele com a voz rouca.

— Vejo você depois, *lover boy* — falou Chloe olhando para trás conforme ia embora.

Isso é divertido demais.

Chloe viu Amy no corredor algumas vezes. Não trocaram olhares. Amy disfarçou muito mal ao virar para o outro lado. Chloe revirou os olhos: C*om amigas como essa, quem precisa de assassinos empunhando lâminas?*

Quando o último sinal tocou, ela correu até o café, certificando-se de que estava do lado da rua com mais pedestres, reduzindo a velocidade para ficar próxima de alguns grupos ou acelerando para se juntar a outros.

Chloe chegou sem fôlego e se jogou na cadeira em frente a Brian, que estava pensativo, debruçado sobre uma caneca de alguma coisa e alguns biscoitos. Parecia ainda menos gótico do que o normal, com calças cáqui de pregas e botas lustrosas, além de um casaco preto com o número 10 em vermelho estampado na frente. O gorro de gatinho não estava à vista.

— Oi — disse ela.

— Oi.

E foi tudo o que disseram por alguns minutos durante os quais Chloe pedia o café e esperava que ele fosse levado à mesa. Estava um clima tenso; Chloe quase batia os pés de impaciência. Quando finalmente estavam sozinhos, Brian olhou para ela por um longo minuto, os olhos castanhos perturbados. Distraidamente, passou o dedo pela cicatriz na bochecha.

— Acho que você deveria parar de ver Alyec.

Chloe piscou.

Então pensou na breve conversa ao telefone, em como soara sério e perturbado... e lembrou que da última vez em que ele a vira, Chloe estava com Alyec. Não tinha nada a ver com ele ser outra pessoa felina, no fim das contas...

— Brian, achei que já tivéssemos conversado sobre isso... — Então ela parou, pensando no que ele havia acabado de dizer. Naqueles dias, nada estranho ou fora do comum, não importava o quão pequeno, poderia ser ignorado e tido como inofensivo. — Como sabe o nome dele? — perguntou baixinho.

— O quê? — respondeu Brian, nervoso, sem esperar tal reação.

— Como você sabe o nome do Alyec? — repetiu Chloe, ficando de pé. — Você tem me seguido? Me *perseguido*? — exigiu saber.

Ele olhou em volta, nervoso com as acusações que ela fazia em alto e bom som.

— Chloe, ouça — implorou Brian. — Você realmente não deveria sair com ele. Ele não é... *seguro*.

— Não acredito em você, seu... *freak*! — disse ela, batendo com o punho na mesa. — Não quer se envolver em um relacionamento sério e depois de só alguns encontros começa a acusar outros garotos de serem perigosos? Isso é *patético* — disparou Chloe. — Não é *seguro*? O que você sabe sobre segurança? Alguém tentou me matar ontem à noite e você está preocupado com um estrangeiro idiota de 16 anos?

O rosto de Brian ficou pálido.

— Alguém... atacou você?

— Sim! Eu podia ter morrido. Passei a noite toda apavorada, e ele sabia coisas sobre mim *também*, Brian. Só tem lugar na minha vida para *um* perseguidor maluco.

— Você está bem? — perguntou ele, finalmente.

— Por pouco! — Chloe segurou o colete e o empurrou para o lado juntamente à camiseta. O corte profundo estava limpo, mas feio. — O FDP tinha adagas e estrelas ninja e todo o tipo de coisas estranhas. — Ela estava furiosa, mas ainda devia um agradecimento a Brian. — Se não fosse pelas manobras que você me ensinou na outra noite, eu estaria morta — falou ela relutantemente.

— Que eu ensinei? — perguntou Brian, confuso.

Ah, não...

— Não foi você... na outra noite...? Isso é sério, vai. *Por favor...*

Mas ele fez que não com a cabeça e deu de ombros.

Quando Chloe percebeu que Brian realmente falava a verdade, quase foi tomada pelo desespero. Lá estava ela, pensando que finalmente tinha uma resposta para a loucura que a cercava: Brian não era somente um garoto ótimo, mas seria alguém que poderia ensiná-la, protegê-la, dizer a Chloe quem ela era.

E no fim das contas, não era nada daquilo. Ele era só um esquisito maluco e possessivo.

— Preciso ir agora — disse ela, empurrando a cadeira.

— Não, Chloe... não! Espere...

Mas ela já estava do lado de fora.

Dezessete

Ela saiu correndo do café e ficou parada do lado de fora durante algum tempo, sem saber o que fazer. Quanto mais ficasse ali, mais tempo Brian teria para pagar a conta e reunir coragem para ir atrás dela. O que era a última coisa que Chloe queria. Por um momento, apenas um momento, ela choramingou, sentindo-se totalmente perdida.

Então se concentrou no que lhe restava: a certeza de que Brian era um completo imbecil. Estava com tanta raiva que tinha vontade de explodir. Começou a caminhar — precisava fazer *alguma coisa* com toda a raiva dentro de si. Como estava quase na hora do trabalho, Chloe seguiu em direção à loja.

Ela fechou as mãos em punhos, apertando e soltando, sentindo as garras entrarem e saírem. Não era exatamente calmante, mas a fazia se sentir melhor. Os ombros pareciam tensos e Chloe desejou poder correr como o tigre daqueles comerciais de gasolina (ou seria de óleo?): esticando as pernas da frente, saltando e dando impulso com as pernas traseiras. Então pensou nos pumas de Los Angeles — o que a fez pensar em Brian e, consequentemente, ficar irritada de novo.

— Oi, Chloe — disse uma voz à frente, despertando-a dos pensamentos. Era Keira, vestindo algo muito parecido com um uniforme de tênis completo, com meias de pompom. Mas ela o vestia por cima de uma calça jeans Mavi. Até o cheiro da outra garota fazia Chloe sentir náuseas: fedia a hormônios borbulhando, a irritação e a, bem, Keira.

Ela parou diante de Chloe casualmente, como se para bater um papo.

— Quem exatamente você chamou de piranha hoje? No corredor? — perguntou Keira.

— Vai *embora* — disse Chloe, tentando contornar a garota. *Como se além de tudo eu precisasse disso.* Sentia-se como uma bomba-relógio a poucos segundos de explodir.

— Não, estou realmente interessada. — Keira jogou o cabelo para o lado, exibindo todas as mechas, raízes e camadas. — Estava insinuando que *eu* dormi com Jason, com Scott e com todo o time de futebol?

A bomba explodiu.

Chloe se virou, os olhos queimando, e abriu a boca. Um som do fundo da garganta, profundo, gutural e cru soou. Não exatamente humano. Um aviso.

O rosto de Keira ficou pálido e ela deu um passo para trás.

Chloe passou por Keira e continuou seu caminho até a Pateena's. Estava prestes a enfiar as garras na próxima pessoa que tentasse falar com ela.

Vou pagar por isso mais tarde, entretanto. Assim que se recuperasse, Keira pegaria o telefone e contaria a todos que Chloe King era uma aberração, além de uma fofoqueira e propagadora de boatos. Chloe estava certa de que Keira não usaria a palavra *propagadora*, no entanto. Tinha sílabas demais para o vocabulário dos jogadores de hóquei.

Conseguiu se acalmar até chegar à loja, o suficiente para entrar com civilidade e pegar um dos donuts que Marisol tinha gentilmente levado para elas, lembrando-se até de agradecer. Eram tematizados para o Halloween pela Dunkin' Donuts, cobertos por confeitos pretos e alaranjados em formato de morcego e de abóboras. Chloe tinha se esquecido desse feriado; era o preferido de Amy.

Sentiu vontade de urrar de novo.

Presa dentro da loja, cercada pelo cheiro de algodão e poliéster recém-lavados e alvejados, Chloe sentia que os pensamentos estavam igualmente aprisionados. *Ainda* não sabia nada sobre o agressor ou a outra pessoa felina. Ainda não fazia ideia de como proteger a mãe e a si mesma. Não tinha intenção de contar a ela sobre o ataque também, o que significava que já estava violando o acordo entre as duas. Chloe não tinha ninguém com quem conversar. Não mais.

Ela percebeu que estava usando a pistola de marcar preços com muito mais força do que o necessário, furando mais do que alguns pares de calças.

E foi aqui que conheci Brian.

— Ooooh. A garotinha do colégio está de TPM? — perguntou Lania, fazendo beicinho e olhando para Chloe com desprezo. — O que foi? Não foi eleita a rainha do baile?

Chloe pensou em como Lania ficaria mais bonita se uma etiqueta fosse fixada permanentemente no lábio inferior dela.

— Me deixa em paz — murmurou. Era quase uma súplica; por que será que, quando tudo estava uma droga, pessoas como Lania e Keira de repente decidiam que era o dia da tortura grátis? Chloe não queria perder a calma de novo. Havia várias pessoas na loja e um rugido leonino certamente se faria notar.

Lania deu de ombros e saiu chutando a pilha de jeans de Chloe pelo caminho.

Chloe respirou profundamente, pegou outra calça e mirou com a pistola, mas estava segurando forte demais e não conseguiu acertar, o que fez a máquina emperrar. Sem pensar, Chloe a ergueu acima da cabeça para atirá-la no chão... mas parou bem a tempo.

Precisava sair dali. Seu humor não estava melhorando.

Ela cuidadosamente remontou a pilha de calças jeans, consertou a pistola e foi atrás de Marisol, nos fundos da loja.

— Hã — pigarreou Chloe. Deveria manter a nova política de honestidade? — Marisol, não acho que eu vá conseguir trabalhar hoje.

A mulher mais velha olhou para ela, estreitando os olhos, talvez buscando evidências físicas de alguma doença, o único motivo óbvio para um empregado dizer algo do tipo.

— Você está bem? — perguntou ela finalmente.

— Não... Na verdade, não. — Chloe não deu mais explicações. *Não me pergunte...*

— Tudo bem — falou Marisol relutantemente. Os olhos se voltaram para dois monitores em preto e branco ligados às câmeras de segurança da loja. Chloe percebeu que ela estava tentando dizer que vira o modo como a funcionária se comportara. — Eu gosto de você, Chloe. Mas não tenho tempo para adolescentes malucas. Isto é um negócio que preciso tocar, não uma creche.

— Entendo — murmurou Chloe. *Se ao menos ela soubesse o que estava acontecendo...*

— Acho que ficaremos bem; não está tão movimentado. Tire o restante da semana. Mas espero vê-la aqui na quarta-feira... caso contrário, nem se dê ao trabalho de voltar.

— Obrigada — falou Chloe com toda sinceridade.

— Tudo bem. Vejo você na próxima quarta. — A mulher se virou; a conversa tinha terminado. Chloe pegou o casaco e correu para fora, feliz pela sensação limpa e refrescante causada pelo sol.

Mas ainda queria bater em algo. Aonde poderia ir? O que poderia fazer para acabar com aquele humor terrível, aquela raiva enorme?

Alyec.

Talvez não fosse o melhor para conversar, mas com certeza aliviaria a mente de Chloe. Mas onde ele estaria? Nunca o tinha visto com um celular e não sabia o número caso ele tivesse um. Ela checou o relógio: eram apenas 15h20; havia uma grande chance de ele ainda estar com o grupinho de amigos de sempre em algum lugar dentro ou próximo à escola.

Chloe percorreu o caminho de volta e parou na saída principal. Farejou. Antes mesmo de saber o que estava fazendo, havia erguido o nariz, tentando captar o cheiro de Alyec... *Pronto!* Era esse? Ela esperou de olhos fechados enquanto a brisa mudava de direção. Mil... não imagens exatamente, mas diferentes sensações e suposições passaram por sua mente: Era um gato? Alguém com raiva? Alguém que não tomava banho havia um tempo... Algo desconhecido, animal, pequeno... Um esquilo? Um rato? Chloe não conseguia dar nome aos cheiros; não havia vocabulário para eles. Mas eram reconhecíveis e podiam ser aprendidos, como rostos e sons. Chloe poderia ter ficado lá por bem mais tempo, deixando que tudo aquilo a envolvesse — como um cachorro, ela percebeu, com a cabeça para fora da janela, ou até mesmo aquele pequeno e burro shih tzu, que sempre cheirava o braço de Chloe de cima a baixo antes de permitir que ela o afagasse, como se para ver onde ela estivera e quem vira durante o dia.

Ali estava de novo! Era aquele! O mesmo cheiro que sentira na pele dele aquela manhã, masculino e inconfundívelmente *Alyec*. Chloe o seguiu, achando difícil não seguir o instinto de colar o rosto ao prédio e até mesmo ao chão para seguir o rastro. Mas ainda havia estudantes em volta, e a reputação de bizarra já havia sido bem definida naquele dia.

Chloe parou em uma bifurcação, verificou o cheiro e foi recompensada ao notar que levava aonde imaginara: a quadra de basquete pequena. Ela diminuiu o passo no último minuto, ouvindo outras vozes, sentindo odores mistos, machos e fêmeas.

Então seguiu em frente, como se estivesse apenas passando, e bateu à porta ao entrar.

Alyec estava sentado como um rei benevolente entre os admiradores e amigos. Todos estavam reunidos em volta e abaixo dele, em arquibancadas mais baixas, conversando, rindo e jogando a bola de basquete. Alyec tentava aprender a girar a bola sobre um dedo como os outros americanos, o que causava muitas risadinhas. Keira não estava lá. *Graças a Deus.*

Ele a viu entrar. Não houve hesitação: Alyec se levantou com a facilidade de um humano razoavelmente gracioso, jogou a bola para uma garota bonitinha e pulou para baixo, cumprimentando mãos aleatórias conforme descia.

— Preciso ir, encontro vocês depois.

Alguém começou a cantar "Tá namorando! Tá namorando!" Não foi maldoso, mas irritou Chloe mesmo assim. Quem eram aquelas *pessoinhas* que simplesmente comentavam e falavam sobre a vida dela daquele jeito?

— Oi, linda. — Alyec não a beijou apaixonadamente como outros namorados fariam... como Brian provavelmente faria. Da mesma forma que em todas as interações entre ambos, era como se tal gesto fosse banal demais. Ele apenas ergueu uma das sobrancelhas e esperou.

— Quero fazer algo *ruim* — disse Chloe, meio que brincando.

Ele olhou para ela tentando avaliar seu humor. Então pegou a mão dela. Por um segundo, ficou com medo de que Alyec a tivesse interpretado erroneamente; a última coisa no mundo que queria era contato físico amigável. No momento, a ideia a deixava enjoada.

Ele saiu andando pelo corredor, puxando Chloe atrás de si.

— Vamos extravasar — disse ele enquanto ela corria para acompanhar. — Eu prometo.

Ele a levou para o pequeno estacionamento atrás da escola e então para o outro, menor ainda, que era reservado aos veteranos. A luz do iminente pôr do sol era extraordinária, suavizava e delimitava cada forma e cor, e o calor fazia o cheiro das folhas em decomposição, da turfa e do metal empoeirado se misturarem lentamente ao ar. Alyec a levou até um pequeno carro *hatch* cor de cobre envelhecido, gasto e enferrujado.

— É *seu*? — perguntou Chloe, surpresa. — Você não é veterano...

— É um *ótimo* carro — respondeu ele, com uma pronúncia ruim devido à excitação. — Remontado com um motor de oito cilindradas. Câmbio padrão. Bastante puro.

— É seu? — perguntou de novo ao perceber que ele não havia respondido.

— Sempre gostei de carros *hatch* — falou ele, pegando uma chave e abrindo a porta do motorista. — Mas tem alguns problemas, claro. Como o fato de que algumas chaves abrem a maioria dos modelos. — Alyec firmou uma perna do lado de fora para ter equilíbrio e se inclinou para dentro, mexendo em algo abaixo do volante. — Mas você pode entrar, mexer e vai saber exatamente o que está fazendo, entende? Nada de computadores e essas porcarias.

O carro emitiu alguns cliques e roncos curtos e nada promissores, então algo pegou e o motor ligou. Alyec se debruçou e destrancou a porta do passageiro.

Chloe a abriu, precisando puxar com mais força do que imaginava; podia ser um carro minúsculo, mas parecia totalmente feito de chumbo, e a porta não deslizava muito facilmente. Ela caiu sobre o assento rebaixado, o qual ainda conservava a maior parte do estofamento original — couro? vinil? —, emendado aqui e ali com fita adesiva.

Ela olhou para Alyec.

— Este carro não é seu, é?

Ele sorriu para ela e deu ré para fora do estacionamento.

Chloe não sabia nada sobre carros e muito pouco sobre dirigir — a Sra. King a deixava praticar no Passat de vez em quando, e na primavera seguinte Chloe faria aulas de direção. Mas, mesmo assim, duas coisas ficaram óbvias para ela: o pequeno carro estava sendo acelerado com muito mais intensidade e rapidez do que devia ser capaz e Alyec claramente não aprendera a dirigir nos Estados Unidos.

Eles quicavam para cima e para baixo no carro; a não ser pelas molas dos próprios bancos, não parecia haver qualquer tipo de suspensão. Chloe abriu a janela e se agarrou à carroceria, então percebeu que estava gargalhando. *Bonnie e Clyde!* Carro roubado, raiva infinita, autoestrada. Era *exatamente* do que ela precisava.

Chloe não se preocupou em perguntar aonde iam; Alyec parecia ter um destino. Eles viravam as esquinas tão depressa que Chloe podia jurar que um dos lados das rodas saíam do chão, e embora não tivessem efetivamente *ultrapassado* nenhum sinal vermelho, ela os via mudar de cor conforme passavam debaixo.

Sempre que isso acontecia, Alyec beijava os próprios dedos e tocava o teto.

— Às vezes — gritou ele; as janelas do lado do motorista também estavam abertas e o ronco do motor era incrivelmente alto —, São Francisco é mesmo uma droga. Você precisa sair! É muito... claustrofóbica.

Com um zunido, saíram da estrada 101 e entraram na Golden Gate Bridge. Era um lindo panorama de fim do dia: o céu estava escurecendo e ficando de um azul limpo, livre de poluição, e nuvens fofas e longas passavam refletindo uma luz alaranjada. As cores das montanhas verde-claras se intensificavam e a água abaixo da ponte parecia violenta e escura. A própria ponte reluzia em um vermelho-sangue quase enferrujado.

— Há! — riu Chloe em voz alta, adorando. Alyec sorriu e pisou mais no acelerador.

Eles voaram até o outro lado da ponte e pegaram a primeira saída, a caminho de Sausalito. Amy e Chloe costumavam ir até lá o tempo todo para fazer compras e andar juntas à beira da água — mas ultimamente as duas andavam achando isso um pouco chato (como Paul sempre reclamava que era). Pessoas velhas, turistas estranhos e lojas entediantes. Mas Alyec pegou uma estrada na qual Chloe jamais tinha entrado e seguiu para uma rua que só poderia ser descrita como extremamente bem-pavimentada; parecia ter saído de um pôster: turfa escondida por uma superfície coberta de cascalho, curvas que seguiam suaves a partir do centro da rua, onde duas faixas fluorescentes brilhavam, perfeitas.

— Onde estamos? — gritou Chloe.

— Onde todos os babacas ricos vivem — berrou Alyec de volta.

— Achei que moravam em San Jose.

Alyec pensou a respeito.

— Onde os *antigos* babacas ricos vivem!

Ele virou à esquerda e apontou. A boca de Chloe se escancarou ao ver a casa diante deles.

Parecia uma propriedade de algum filme inglês; uma mansão gigante de pedra e madeira com vários andares se erguia no centro. Alas mais baixas despontavam dos dois lados da casa. O telhado era reto. O gigantesco gramado que descia até a rua deveria ter, pelo menos, vários hectares e era protegido por uma cerca antiga alta e pontiaguda, um portão e uma guarita. Um caminho de cascalho seguia gentilmente da entrada até a porta da casa, terminando em um círculo, no centro do qual havia uma fonte. Cada área verde era impecavelmente jardinada e, pontuando o gramado, havia arbustos esculpidos e, ocasionalmente, uma fonte.

— Ai, meu deus.... É *linda* — exclamou Chloe sem fôlego. — Não tinha ideia de que havia algo assim por aqui.

— Nunca foi mencionada na revista *House and Country*, se é isso o que quer dizer — respondeu Alyec em tom de piada.

Meu Deus.

— Quem é o dono deste lugar? Bill Gates?

Alyec fez que não com a cabeça.

— Sergei Shaddar. É o cara que comprou o antigo mercado no Centro e o transformou em um shopping. Um verdadeiro porco capitalista. E um parente distante do lado americano da minha família. — A expressão dele ficou sombria por um momento. — Ele é o cara que não queria dar o dinheiro para trazer a mim e a minha família para cá.

— Que imbecil! Não acredito que ele gastou tudo nisso aqui.

— É, bem, quem sabe... — disse Alyec com ar indiferente. — Algum dia talvez seja tudo meu. Ele não é "casado e com filhos", como dizem.

Alyec virou o carro e dirigiu vagarosamente de volta à estrada, deixando Chloe dar uma última boa olhada na linda casa. Ela suspirou. Era um mundo inteiro alheio a ela e aos seus problemas, um pequeno reino fantasioso de pessoas ricas e coisas lindas e de problemas de pessoas ricas.

Ao notar o silêncio de Chloe, Alyec esticou o braço e entregou a ela um frasco metálico pesado com palavras russas gravadas. Ela não tinha ideia de como ele guardara aquilo nos jeans que vestia no momento, ultrajustos no quadril. Mas Chloe bebeu generosamente. Não era vodca, como esperava, mas algo seco, forte e ardente.

— Sabe como é difícil conseguir *bourbon* na Rússia? — perguntou ele quando Chloe tossiu. Ela sorriu fracamente para Alyec. — Ah, você está ficando deprimida.

— Queria... — Ela parou, pensando em seu bolo de aniversário. — Não sei o que eu queria. Que a vida fosse mais simples — disse ela finalmente. — Que pudéssemos passar mais tempo juntos.

Alyec mordeu o lábio por um momento.

— Precisamos fazer uma última coisa pra te animar antes de voltar para casa. — O rosto dele se iluminou. — Chloe King, você já "deu um *ollie*"?

Dezoito

Em um salão escuro e desconhecido, um círculo de figuras vestindo robes se reunia.

Nove sentavam-se ao redor de uma mesa de madeira antiga, iluminada por lanternas bruxuleantes que demarcavam a circunferência do móvel. Atrás e acima das figuras, tochas projetavam sombras monstruosas sobre o chão de azulejos ornamentados.

Um monitor em preto e branco repousava sobre a mesa, acrescentando uma iluminação enfraquecida às chamas; a protagonista dos filmes mudos que o monitor exibia era uma garota que demonstrava todo tipo de comportamento normal para uma garota — além de alguns não tão normais.

Uma das figuras de robe à mesa falou:

— Como veem, ela já se tornou perigosa, e faz apenas alguns dias que percebeu sua verdadeira natureza.

— Não acredito que se defender do ataque de um arruaceiro constitua uma personalidade perigosa — disse outra voz, mais velha e de mulher.

— Mas vejam com quem ela anda — interrompeu uma terceira voz, masculina e idosa. A mão esquelética de uma pessoa se esticou. Os dedos poderiam simplesmente ser ossos, pois a pele seca e enrugada não tinha função; grudava em cada detalhe, saliência e fissura. Como se para magnificar a deterioração, um anel grosso com uma enorme pedra negra encontrava-se sobre a articulação do dedo indicador. Todos olharam para o ponto onde a figura indicou, batendo no vidro do monitor.

Um rapaz beijava a garota sobre um banco do lado de fora de uma lanchonete fast-food.

— O russo ainda é o próximo da fila?

— Não temos motivo para achar o contrário.

— Isso tudo está acontecendo rápido demais — falou a primeira pessoa, se mexendo no assento. — Noviço, você disse apenas que os dois se conhecem. E que se algo acontecesse você imediatamente... interviria.

— Fiz o melhor que pude, Primo — respondeu uma voz jovem dos bancos, de forma inocente.

— E ainda assim falhou. Também falhou em determinar se ela é a Escolhida como o Sestro acredita.

— Primeiro querem que eu fique amigo dela, depois querem que eu veja se ela morre quando enfio uma faca na barriga dela. Não achei que isso fosse parte da minha missão.

— Ela *contou* alguma coisa a você? Qualquer coisa estranha... Sobre o passado, alguma experiência de infância milagrosa, de sobrevivência ou quase morte?

Houve uma longa pausa.

— Não, senhor — respondeu finalmente o noviço.

— Creio que você esteja próximo demais da situação para agir de forma racional. Está fora do caso; deixaremos que o Sestro cuide das coisas do jeito dele.

— Mas senhor... Deixe-me tentar mais uma vez. Ela é uma boa pessoa... criada por *humanos*. O Sestro vai simplesmente *matá-la*! Ele é louco...

— Alexander Smith é um valioso membro da Ordem. Executa suas tarefas bem e com zelo... não nos esqueçamos disso. Acima e além de nossas ordens, ele sente que o próprio destino é diretamente liderado por Deus. Deixe-o em paz e Deus determinará o resultado.

— Isto é apenas assassinato, não é o modo de Deus — disparou o jovem.

— Noviço, a Ordem da Décima Lâmina *não* tem executado a missão de proteger as pessoas da escória felina por mil anos simplesmente para jogar tudo fora diante dos desejos mal direcionados de um adolescente apaixonado! Fui claro?

Outra longa pausa.

— Sim, senhor.

Houve um instante de silêncio enquanto todos refletiam sobre o caso.

— Então nossa ação está decidida – falou um.

— E registrada — disse outro.

— Como fazemos durante eras, como sempre faremos — entoaram todas as figuras.

Lentamente, eles se levantaram e, em silêncio, saíram em fila do salão escuro. Todos, exceto um: o jovem que havia falado, cujos joelhos tremiam, e que coçava uma cicatriz na bochecha.

— É melhor assim, filho — disse o homem mais velho, ficando para trás e dando tapinhas no ombro do jovem com a mão esquelética. — Sei que é difícil... mas não há futuro ali. Veja o que houve com aquele pobre rapaz grego... Não quer terminar como o Sr. Xavier Akouri, quer?

Dezenove

Na verdade, Chloe jamais tinha "dado um *ollie* de carro" antes, ainda que tivesse passado a maior parte da vida em São Francisco. Amy tentara uma ou duas vezes, usando o carro que o irmão de Paul emprestava ocasionalmente; uma coisa bem brega com lâmpadas roxas por todo lado e aerofólios demais. No entanto, por mais que Amy fingisse ser rebelde, nunca tinha conseguido reunir coragem... ou velocidade.

Alyec não tinha tais problemas: cravou o pé no pedal do acelerador até o topo de uma boa subida. Mas quando seguiram por ela, o carro simplesmente quicou para cima e para baixo. Alyec xingou e tentou de novo, ziguezagueando pelas esquinas e ultrapassando um sinal vermelho para ganhar velocidade. O vento entrava rasgando pela janela. A cidade tinha acabado de mergulhar na escuridão e todas as luzes estavam acesas, porém o brilho alaranjado do pôr do sol ainda permanecia. Parecia uma noite selvagem.

Não acredito que estamos fazendo isso. Chloe estava tão emocionada que chegou a bater palmas quando se aproximaram do cruzamento.

— E... agora!

De repente ela se sentiu sem peso. Durou apenas um segundo; o corpo de Chloe se chocou contra o cinto de segurança e eles bateram com *força* na rua novamente, o que fez o pescoço dela chicotear para a frente e para trás.

Chloe não sabia se todas as quatro rodas tinham saído do chão, mas com certeza parecia que sim.

Tudo acontece bem mais depressa do que na TV. Ela suspirou, desejando que tivessem feito o movimento em câmera lenta, como se estivessem sendo filmados.

Alyec correu de volta à Inner Sunset. Quando passaram de carro pelo estacionamento da escola, alguém — que parecia um atleta veterano — estava gritando "Cadê meu *carro*? Cadê a porra do meu *carro*?" Alyec e Chloe se abaixaram nos assentos, rindo, mas o dono estava de costas quando passaram por ele.

— Onde você mora? Vou deixar você em casa antes de devolver isto.

— Você não sabe onde moro — falou ela vagarosamente, saboreando o modo como soava e a fazia se sentir. Ele não sabia o nome do outro namorado dela, não sabia o que ela era de verdade e não sabia onde ela morava. Apenas um adolescente comum um pouco mais psicótico do que o normal. Simples. Era uma coisa legal.

— Não, como eu saberia?

— Deixa pra lá — falou Chloe, sorrindo e apontando para o lugar onde ele deveria virar.

Alyec diminuiu quando Chloe bateu no para-brisa para indicar qual casa era a dela.

— Ei — falou Chloe ao se virar para ele. — *Obrigada*.

— Sem problemas. Viu? Não sou apenas um cara sexy. Também gosto de fazer coisas perigosas e estúpidas.

— É? — Ela sorriu.

— *É* — respondeu Alyec, e se inclinou na direção de Chloe. Delicadamente, ele mordiscou o lóbulo da orelha direita dela, puxando-o e evitando agilmente os piercings. Então a beijou no pescoço. Chloe estremeceu. — Da *próxima vez* — sussurrou ele.

Os olhos de Chloe se arregalaram, mas ela não disse não.

Dentro de casa, a Sra. King lutava com um barbante de açougueiro amarrado de forma esquisita ao redor de um pedaço de cordeiro de aspecto incrivelmente primitivo. Ela estava tentando dar um nó, e segurava uma das pontas do barbante com os dentes. Chloe foi até ela para colocar o dedo sobre o nó e facilitar as coisas para a mãe, mas a Sra. King fez que não com a cabeça vigorosamente.

— Ão ã-tes de 'avar as 'ãos.

Chloe suspirou e colocou as mãos debaixo da torneira antes de voltar para ajudar. Houve uma época — durante a breve experiência vegetariana de Chloe — que a visão de um pedaço de carne como aquele, principalmente de um bebê de animal, teria lhe causado um nojo extremo. No entanto, não pôde deixar de reparar que o estômago roncava, e precisou resistir bravamente à vontade de pegar pedacinhos do que parecia ser a mais deliciosa gordura crua e jogar na boca.

— Pronto. — A mãe colocou as mãos nos quadris e admirou o trabalho. Ela indicou o forno com o queixo e Chloe o abriu, sentindo uma lufada de calor *muito* boa sair de dentro. — Deve levar só uns 45 minutos. Comprei cuscuz marroquino para acompanhar. Ei, está se sentindo bem?

Chloe olhou para cima, surpresa pela mudança repentina no tópico da conversa. E ao parar para pensar, agora que o passeio insano de carro tinha acabado, ela se sentia um pouco mal.

— Aconteceu alguma coisa no trabalho?

Chloe respirou profundamente.

— Não fui trabalhar. Eu... fiquei com meu amigo Alyec. Ele me deu uma carona até em casa.

A Sra. King ergueu as sobrancelhas.

— Marisol me deu o restante da semana de folga — explicou Chloe rapidamente. — Eu não me sentia... Não estava conseguindo trabalhar.

— Não abandone o trabalho — alertou a Sra. King. — É apenas seu primeiro emprego. Se ficar entediada com ele, e depois com o próximo, e com o outro...

Chloe apenas olhou para ela, esperando pacientemente a mãe terminar. Provavelmente foi a ausência total! de *qualquer* resposta da filha — principalmente uma irritada — combinada ao olhar exausto de Chloe que fez a Sra. King parar, desistindo do sermão.

— Você está ficando doente? — perguntou a mãe.

Não... Mas Chloe percebeu que queria deixar as opções em aberto. Então fez que não com a cabeça sem dizer nada; uma negativa fraca, no máximo.

Tiveram uma noite tranquila regada a cordeiro, cuscuz e salada com queijo feta para incrementar o tema grego. A Sra. King deixou Chloe beber uma taça de vinho, um frutado, branco e do Oriente Médio. Isso fez Chloe dormir imediatamente quando ela se enroscou no sofá ao lado da mãe, que estava zapeando entre a CNN e o Animal Planet.

Chloe sabia que deveria estar mais alerta, mas se sentia exausta, de barriga cheia, aconchegada e quentinha.

— Bem, quem diria. — Foram as últimas palavras que ouviu antes de cochilar. — Bebês elefantes chupam a tromba assim como bebês humanos chupam o dedo...

* * *

Quando acordou na manhã seguinte, Chloe ainda estava no sofá, mas esticada, com o próprio travesseiro sob a cabeça e o próprio edredom a cobrindo. A mãe já estava de pé e se arrumando para o trabalho.

— Como se sente hoje? — perguntou ela, inclinando-se sobre Chloe e colocando o dorso da mão sobre a testa da filha. — Quando a coloquei para dormir ontem à noite você estava queimando.

Chloe se sentia bem.

Merda, eu ajudei Alyec a roubar um carro e dei um ollie *com ele ontem?*

Quantas vezes mais, Chloe se perguntou, ela se surpreenderia no dia seguinte pelas coisas que fizera na noite anterior? E, sinceramente, pensar no roubo do carro fazia com que se sentisse envergonhada. O que tinha dado nela ontem? Estava realmente tão irritada com Brian? Ele era apenas um idiota, no fim das contas... Por que fazia aquelas coisas estranhas quando estava com Alyec?

— Ai... — Chloe começou a se levantar, então caiu de novo sobre um dos cotovelos, como se estivesse zonza.

A Sra. King suspirou.

— Vou ligar para a escola. Eu não deveria ter deixado você beber nada ontem à noite. Ou devia ao menos ter servido vinho tinto. Dizem que é bom para dores de cabeça e resfriados. — Ela afagou o cabelo de Chloe. — Telefono para você mais tarde. Ligue se precisar de alguma coisa... Acha que vai ficar bem sozinha em casa?

Ai, lá vem. Chloe viu a preocupação e a sombra de culpa de mãe solteira nos olhos petrificados da Sra. King. Deveria ficar em casa com a filha doente? Era o que a mãe *dela* teria feito. *Bem, a mãe dela não trabalhava, mas e daí?* Ao menos a mãe de Chloe sempre tomava o cuidado de manter as dúvidas, preocupações e psicoses adultas para si e nunca jogava tal fardo sobre a filha.

É claro que às vezes não conseguia evitar projetá-los.

E se preocuparia muito mais se soubesse do atentado contra a vida da filha.

— Não se preocupe — acalmou-a Chloe, pensando vagamente em como toda aquela coisa mãe-filha havia se transformado depressa nas últimas semanas, e imaginando quando voltariam a se afastar uma da outra. — Vou ligar para Amy. — *Até parece.* — Ela pode vir logo depois da escola com algumas coisas se eu precisar. Provavelmente vou só dormir durante as próximas horas mesmo.

— Tudo bem — disse a mãe, incerta. Ela se inclinou e beijou Chloe na testa. — Melhoras.

E com o tinir de uma bolsa Coach, uma pasta italiana e saltos Kenneth Cole, a Sra. King foi embora.

Chloe ficou no sofá durante um momento antes de decidir o que fazer. Havia passado tempo o suficiente desde o ataque; ela não estava mais com tanto medo de ficar sozinha em casa quanto na primeira noite. Aquele dia seria um bom teste: se o assassino quisesse achá-la e atacá-la em casa, não haveria melhor momento. Chloe estava sozinha e o bairro estava quieto.

Porém, mesmo que *ficasse* em casa o dia todo, certamente não seria deitada em posição vulnerável sobre o sofá. Ela poderia pesquisar mais sobre Xavier, talvez ligar para ele. E *quanto* a Xavier e Alyec? Seriam esses desejos — desde sexuais até autodestrutivos para simplesmente destrutivos — *normais* ou vinham com as garras, a velocidade e o desejo repentino de comer carne crua?

Chloe flexionou a mão e viu as garras saírem com um *tss.* Ela as ergueu sob um raio de sol que conseguira passar pela cortina e pelas plantas. Por um lado, as garras pareciam "normais": reluzentes, não totalmente brancas, com alguns calos e pele morta ao redor da base. Por outro lado, o lado "pata", elas pareciam tão assustadoras e fora do lugar quanto da primeira vez em que Chloe as vira.

— O que mais vem com vocês? — perguntou ela em voz alta. Ainda não havia sinal de cauda, graças a Deus. Isso seria mais difícil de esconder e ela não conseguia imaginar uma cauda desaparecendo de repente para algum lugar dentro do corpo. Chloe olhou para os pés; a mãe tinha tirado as meias dela em algum momento durante a noite. Ela não sentira... Seria porque estava desmaiada de sono ou porque o cheiro, o toque e os sons da mãe eram familiares, e não ameaçadores? Será que de alguma forma soubera instintivamente, mesmo durante o sono, que estava segura? O gato de Amy costumava passar o dia inteiro largado ao pé da cama. Podiam afagá-lo com a intensidade que quisessem e ele se espreguiçaria, sem abrir completamente os olhos, e continuaria dormindo.

Ou será que eu desmaiei completamente? Esse era um pensamento bem mais assustador.

Chloe esticou os dedos dos pés sob o raio de sol e os flexionou. Nenhuma garra surgiu. Era isso, então? Mais nenhuma mudança física?

Ela se levantou e se espreguiçou, aproveitando a sensação do calor da manhã.

Então foi até o andar de cima para escovar os dentes e fazer outras coisas. Antes disso, lembrou-se de uma tarefa: *Mus-mus.*

Chloe entrou no quarto e abriu a gaveta. Mus-mus correu para a frente, ansioso por comida. Chloe jogou um Cheerio, que quicou. A maneira com que ele foi oferecido e o barulho assustaram Mus-mus por um instante; o rato estava acostumado a um tratamento bem mais carinhoso. Chloe estendeu a mão vagarosamente e esticou um dedo na direção da boca do bichinho. Ele se aproximou, farejando. Então emitiu um guincho, largou o cereal e correu.

— Você não gosta de gatos, mesmo os legais... — sussurrou Chloe. Apenas mais uma das coisas que vieram com as mudanças, além da violência. Ela mordeu o lábio e sentiu uma lágrima brotar no canto de cada olho.

— Tudo bem, Mus-mus. — Chloe esticou a mão para pegá-lo; o rato estava tão desesperado para escapar da dona que ela precisou estender as garras e bem delicadamente fechá-las ao redor dele, como uma gaiola. Chloe ergueu o rato até a altura dos olhos, encarando a coisinha aterrorizada que havia sido seu confidente mais próximo havia apenas alguns dias. — Adeus — sussurrou ela. — E boa sorte.

Chloe se inclinou para baixo e abriu a mão aos pés da cama. Mus-mus não hesitou, disparando para baixo da cama. Chloe suspirou de novo, afastando as lágrimas dos olhos com os dedos. Montou cuidadosamente uma pequena pirâmide de cereais no chão, para o caso de ele precisar de suprimentos.

Vou sentir sua falta.

Chloe tomou um banho para tentar lavar tudo o que sentia e começar o dia novamente. Colocou uma camiseta e um jeans, sem se preocupar em vestir uma calcinha. *Gatos não usam lingerie*, disse a si, mas sem conseguir sorrir. Ajustou o sutiã. *Esta gata precisa usar algo que sustente a parte de cima, no entanto.* Não conseguia imaginar como seria ter seis ou oito seios do tamanho dos dela.

Chloe andou pela casa arrumando algumas coisas: limpou a geladeira para a mãe, assistiu a alguns canais na TV. Tomada pela depressão, deitou no sofá.

Eu desistiria das garras se isso significasse o fim dos ataques malucos contra mim, a volta da vida normal e o retorno de Mus-mus? Mesmo que tivesse escolha, não tinha certeza de qual seria a resposta.

Uma batida hesitante à porta despertou Chloe de um sono longo e sem sonhos. Ela olhou pela janela e levou os dedos ao colar de corrente no pescoço.

Eram Amy e Paul.

Chloe franziu a testa, sem saber se estava pronta para aquilo. Mas desceu mesmo assim e abriu a porta.

— Chloe — falou Amy. Os olhos dela e de Paul caíram imediatamente sobre a camiseta sexy que vestia... e então focaram em algo próximo ao ombro esquerdo de Chloe, algo que os fez engasgar.

— Hã, sua mãe ligou para a gente. Para Amy, quero dizer — explicou Paul enquanto Amy encarava a amiga, ainda vidrada no ferimento da outra noite. Chloe o limpara no chuveiro e pusera antisséptico, mas ainda estava enorme, profundo e vermelho. Curando bem, apenas feio. — Ela disse que você estava doente.

— É, hã, entrem. — Chloe abriu mais a porta e se virou para entrar primeiro na sala. Os dois amigos a seguiram, submissos. — Querem alguma coisa? Coca? Coca Diet?

— Coca — falou Paul distraidamente.

A quietude na sala era como a de um museu; estava anoitecendo e tudo parecia pouco iluminado, poeirento, tênue. Como a casa de uma avó. Ruídos surgiam e desapareciam no recinto como gotas em um lago parado e escuro, absorvidas instantaneamente.

— O que aconteceu com seu braço? — perguntou Amy finalmente.

Chloe se afastou da geladeira e entregou a Coca para Paul.

— Fui atacada na calçada outra noite — respondeu ela simplesmente.

— Pelo mendigo — completou Amy, esperançosa.

— Não, outra pessoa. Alguém com uma faca. Alguém que parece estar me *perseguindo*.

Os três ficaram em silêncio por um momento. Amy pareceu desaparecer dentro do casaco prateado gigante que usava — um estilo que ficava entre o de um cafetão e um DJ londrino chique. O cabelo estava preso em vários pequenos coques e uma echarpe fina e verde-limão estava jogada sobre o pescoço dela. Paul parecia bem mais casual — embora tão constrangido quanto — em um jeans e uma jaqueta de couro, surpreendentemente normais para ele.

— É alguém que você conhece? — perguntou Amy finalmente.

— Não.

— Ligou para a polícia?

— Ainda não.

Amy deve ter percebido algo no tom de Chloe, pois não fez a pergunta óbvia: "Por que não?"

— Acho que temos muita coisa para colocar em dia — falou Amy devagar.

— É? — perguntou Chloe, parecendo não se importar.

— Não percebi que... Você não me disse... — Houve uma longa pausa. — Eu realmente não tenho estado a seu lado, não é? — disse Amy baixinho.

— De fato, não — concordou Chloe, mas não havia maldade no modo como falou.

— Paul me contou como você estava se sentindo. — Amy gargalhou de repente, de modo forçado. Paul olhou para baixo, constrangido. — *Paul* contou para *mim*. Como *você* se sentia. É a primeira vez que isso acontece. — Ela estava certa: normalmente uma das duas garotas exigia que a outra falasse com o impenetrável Paul. — Eu sumi, eu sei... E então fiquei puta porque você estava namorando Alyec. *E aquele outro garoto*. Era como se de repente você tivesse uma vida inteira separada de mim.

— Hã, *oi*? — Chloe indicou Paul.

— Eu sei, eu sei. — Amy suspirou.

— Eu posso sair... se vocês quiserem — sugeriu o namorado em questão, um pouco irritado por se referirem a ele como uma distração.

— Achei que você ficaria extasiada por estarmos juntos, que comemoraria ou algo assim — continuou Amy. — É, tipo, sabe, perfeito. Seus dois melhores amigos namorando.

— Vou... hã... ao banheiro — disse Paul, então levantou-se e saiu.

— Isso é muito egocêntrico da sua parte — falou Chloe, se arrependendo por não ter medido as palavras, mas também satisfeita por isso. — Eu nunca namorei *ninguém* e você teve uma penca de namorados, e agora você e meu único outro melhor amigo decidiram sair exclusivamente um com o outro. Como você *acha* que eu me sinto?

— Foi por isso que de repente começou a namorar aquele monte de garotos? — falou Amy levantando a voz, um pouco irritada.

— Não existe um "monte de garotos". Há Alyec, que é divertido e beija muito bem, e Brian, que eu conheci na loja. Ah, e Xavier, um cara que conheci na boate durante a noite depois da queda, quando eu estava totalmente sozinha e sentia-me estranha, e tentei ligar para você de todas as maneiras, mas você estava ocupada com Paul.

A boca de Amy se abriu como se para dizer algo, mas nada saiu.

— Eu não boto ele na conta, na verdade — admitiu Chloe. — Só o vi uma vez desde aquela noite. — *E ele estava à beira da morte.*

— Por que não me contou isso no jantar, quando... — Amy parou de repente, lembrando-se da pizza de aniversário e de como estivera ansiosa para contar sobre a experiência *dela* com Paul na noite anterior.

— Você parecia precisar ser ouvida — falou Chloe em voz baixa. — Não achei que o que fiz com Xavier fosse tão importante quanto o que estava acontecendo entre vocês dois.

Os olhos de Amy se arregalaram e ficaram vítreos.

— Sinto *muito* — disse ela finalmente, tentando não chorar. — Sei que não tenho estado ao seu lado *mesmo*, e me senti culpada por isso, mas estava com raiva e ocupada com Paul, e quanto mais tempo passava, mais culpada e com raiva eu me sentia...

— Tudo bem — falou Chloe, tentando não sorrir. Aquilo era típico de Amy. Excessivamente emotiva, mas genuína, caso fosse pressionada por tempo suficiente. Amy a agarrou em um apertado abraço de urso que fez Chloe tossir de surpresa, sem fôlego.

— Espere, ser atacada duas vezes em um mês não é um pouco estranho? — perguntou de repente, limpando as lágrimas.

— Você não sabe nem da metade — respondeu Chloe com um sorriso malicioso.

— Ei. — Paul apareceu no portal. — Por que não caminhamos pela ponte como costumávamos fazer?

Amy e Chloe se entreolharam. *Por que não?*, pensou Chloe, tentando não se concentrar em como o "costumávamos" se referia a menos de um mês antes.

Na viagem de ônibus até a Golden Gate Bridge, Chloe os inteirou sobre os detalhes a respeito de Alyec — menos o roubo do carro — e Brian, concentrando-se mais no último e em como ela estava realmente desapontada por ele ter se revelado um loser total. Os dois amigos ficaram aturdidos quando Chloe contou que Brian sabia o nome de Alyec e disse para que ela ficasse longe dele.

— Não é um pouco estranho, dois perseguidores em um espaço de tempo tão curto? — perguntou Paul, inconscientemente repetindo a pergunta anterior de Amy. — Não acha que...

— Que Brian contratou um maníaco da faca para me assustar?

— Ou Alyec — acrescentou Amy, rapidamente. Tinha aceitado que o garoto popular poderia não ser a fonte de todo o mal no universo, mas também não tinha desistido de esperar que ele fosse.

Chloe e Paul a ignoraram.

— Talvez você *devesse* ligar para a polícia — sugeriu Paul com um tom "sério".

— É um pouco mais complicado do que isso. — Chloe suspirou. Não sabia o quanto mais contaria a eles, mas ainda não estava pronta para dizer nada. *Talvez na ponte. Lá seria o lugar certo.*

Quando saltaram, passaram pela multidão de pessoas gordas e lentas que tiravam fotos ou apenas ficavam por ali em grupos sem direção, como os búfalos no Golden Gate Park. Paul parou para comprar uma garrafa de Coca de uma máquina. Em tempos passados, ele terminaria de beber quando chegassem no meio da ponte e os três amigos escreveriam um bilhete e o colocariam dentro da garrafa, depois a jogariam na água. Quando eram ainda mais jovens, fingiriam que estavam em uma pequena ilha isolada e que a ponte levava para outro mundo, e que ali começaria uma longa jornada de aventura para os três, juntos.

Mas agora tentavam parecer o mais normal e inocentes possível para o oficial da Guarda Nacional que parecia um soldadinho de brinquedo. Os dias de atirar coisas inofensivas da ponte tinham acabado há muito, muito tempo.

— É como se vivêssemos sob lei marcial — murmurou Amy.

— Hã, acho que eles estão aqui para *nos* proteger — protestou Paul.

— Gostei da sua saia — falou Chloe ao notar a minissaia jeans de camadas esvoaçantes, que parecia um *tutu* largo.

— Obrigada — respondeu Amy, tímida. — Fiz na semana passada. Estou pensando em fazer um conjunto, como "Princesa do Jeans". Ela apontou para as pernas e revelou, abaixo do casaco grande e prateado, leggings jeans combinando; lembravam bocas de sino, mas sem a base. Chloe não tinha certeza se *ela* usaria aquilo, mas era definitivamente uma ideia legal.

— Sua mãe devia muito deixar você trabalhar na Pateena's.

— *Nem me fala* — respondeu Amy, chutando uma pedra. Ela chutou novamente com o outro pé, e então se animou, lançando-a para a frente e para trás como uma bola de futebol antes de acidentalmente jogá-la uns 6 metros adiante. Amy correu atrás da pedra, o casacão voando. Chloe riu.

— Terça foi nosso aniversário — falou Paul.

— É mesmo?

— Ela fez um cartão para mim. E escreveu um poema — acrescentou ele de maneira enigmática, sem expressão no rosto. Chloe o analisou por um tempo, então sorriu.

— Pelo menos não teve uma leitura em público — ressaltou ela.

— É. — Foi tudo o que Paul disse, com um suspiro pesado de alívio.

Eles alcançaram Amy no meio do caminho. Ela já estava inclinada para frente, cuspindo.

— Eu falei para você que isso é um *mito* — disse Paul, colocando as mãos nos quadris de maneira exasperada.

— Não é, não — argumentou Chloe, inclinando-se e cuspindo também. — Se coincidir com o vento, *realmente* voa de volta para cima.

— Vocês duas são nojentas — disse ele, virando de costas para o parapeito. Paul tirou um cigarro do bolso e fechou as mãos em concha contra o vento para acendê-lo. A luz avermelhada do sol iluminou o rosto dele por baixo, como se estivesse em frente a uma fogueira.

Infelizmente, quando o vento mudou de direção, a fumaça tomou completamente o novo olfato de Chloe. Ela virou a cabeça para o sentido contrário, tentando não tossir.

— Vai pular *deste* parapeito? — perguntou Amy, apontando com o dedão.

Chloe sorriu.

— Não, acho que não. Os garotos de verde ali não gostariam muito.

— Ei! Já sei! — falou Paul de repente, estendendo os braços como se tivesse literalmente sido atingido por uma ideia. — Você *deveria* estar morta! Da queda. E agora, como naqueles filmes *Premonição*, a morte está fazendo tudo o que pode para conseguir você! Isso explica *totalmente* o mendigo e o cara que tentou te matar.

— Hum, *obrigada* pela interpretação sensível — disse Chloe —, mas se isso fosse verdade, não haveria somente pessoas atrás de mim; coisas aleatórias como carros e, bem, esta ponte entrariam em colapso e tentariam me engolir.

— Ah. É. — Paul deu um passo para trás, encarando o chão.

— De qualquer forma, como eu disse, é um pouco mais complicado do que isso.

— O que estava *fazendo* andando sozinha à noite mesmo? *Duas vezes*? — exigiu Amy, chutando a pedrinha entre os pés e andando para o outro lado.

Os três continuaram passeando pela ponte, suas sombras escuras e longas se projetando atrás deles. Havia poucas outras pessoas aproveitando o pôr do sol, e ocasionalmente um ciclista passava zunindo. À frente, a ponte estava vazia; tinham-na toda para si, como no final de um filme. Era isso. Aquele era o momento. O momento em que Chloe decidia o quanto contar aos amigos.

Ela tomou fôlego.

Uma figura saiu da pista e parou diante deles, bloqueando o caminho.

— Hum, gente, sabem o esquisito com as adagas, *sem* ser o mendigo?

— Sim? — perguntaram Paul e Amy; estavam de mãos dadas.

— É aquele ali. — Chloe apontou.

O Sestro assumia sua posição e sorria.

Vinte

— Chloe King.

Ele segurava uma adaga em cada mão e não vestia uma jaqueta desta vez, apenas uma camisa de gola rulê preta que parecia ser feita de neoprene — ou estar escondendo um colete. *Bem o tipo de coisa que Brian usaria*, reparou Chloe casualmente. As calças e botas eram iguais às da noite anterior; ela podia ver o cabelo loiro e grosso dele preso em um rabo de cavalo que acabava bem na base do pescoço.

— Ei! — gritou Paul, pensando rápido. — Ei! — gritou ele com as mãos em concha na direção da Guarda Nacional. Mas as palavras morreram ao vento.

— Você acha que seus amigos humanos vão ajudá-la a se salvar? — perguntou o homem, fingindo surpresa. — Só porque é amiga deles, não significa que seja um deles.

— Pu-ta merda — disse Amy com a boa escancarada.

— Hum, é... — Chloe estimou a distância entre eles, cerca de 7,5 metros. Bom o bastante para uma vantagem? *E quanto a Paul e Amy?*

— Não tenho ideia do que está falando — gritou Chloe de volta.

— Eles não conhecem sua *verdadeira natureza*? — perguntou o homem, arregalando os olhos.

— Corremos em direções opostas? — sussurrou Amy, começando a ficar realmente assustada. — Ou o quê?

— *Deveriam* saber. — O homem se aproximou devagar, encarando Amy e Paul, olhando de um para outro, como uma cobra decidindo quem atacar primeiro. — Ela não é amiga de vocês de verdade. Não é nem da sua espécie. Da *nossa* espécie — falou o homem, desesperado para fazê-los entender. — O povo dela só quer destruir completamente a humanidade. Dominar o mundo. Desafiar Deus em pessoa.

— Chloe...? — perguntou Paul. Ele não estava se referindo ao discurso do assassino; como Amy, estava imaginando o que deveriam fazer. Sem pensar ou falar, os três começaram a recuar juntos, lentamente, no mesmo ritmo com que o homem se aproximava.

— Corram — sussurrou Chloe. — Corram *agora*!

Paul e Amy correram.

O Sestro gargalhou, virando-se para ver os amigos dela irem embora.

— Que gracinha... Está protegendo os dois? Ou protegendo a verdade sobre si mesma!

Chloe sentiu que aquele era o momento. E estava certa: quando ele se virou novamente, atirando as adagas, ela já estava agachada sobre os braços e as pernas e saltava sobre ele. Ouviu as lâminas zunirem com incrível precisão sobre a cabeça; teriam sido enterradas com força no estômago se ela tivesse permanecido de pé.

Dois saltos mortais depois, Chloe se lançava com um rugido sobre o peito do homem, sem pensar no ataque, apenas usando a inércia, o movimento e a surpresa para ganhar vantagem, mesmo que só por um segundo.

Logo antes de as garras conseguirem se enterrar na pele dele, o homem empurrou Chloe por baixo, usando o próprio peso dela para derrubá-la para trás de si. Chloe pousou no chão com segurança, sem fazer estrondo e sem rolar, sobre quatro apoios.

Adagas voadoras não matam pessoas, pensou Chloe, saltando para o lado no último minuto para evitar uma lâmina e se segurando no parapeito do passeio. *Pessoas matam pessoas*.

— Não importa — gritou ele. — Mesmo que você seja a Escolhida, tenho lâminas o suficiente para todas vocês.

Do que diabos ele está falando? E, mais importante, porque não carrega uma arma como um psicopata normal? Chloe se virou de modo a ficar de pé sobre o parapeito e correu com leveza por ele até chegar a um poste fino e azul. Ela saltou e se agarrou a ele, fazendo com que vibrasse. Um ruído alto indicou que uma adaga devia ter errado por pouco um dos pés de Chloe, acertando o poste no lugar.

Ela saltou para o apoio seguinte sem pensar, atravessando 3 metros no ar bem acima da cabeça do agressor. Estrelas ninja zuniram pelo céu, atrás dela. Chloe se virou como se para saltar de costas novamente, como se estivesse confusa e assustada, sem pensar.

Mas, no último minuto, mergulhou bem em frente ao agressor.

Finalmente as garras entraram em contato com a pele do homem, raspando parte do Kevlar ou o que quer que estivesse usando e enterrando-se onde o tecido terminava. Eles lutaram durante um momento, pousando juntos no chão com um baque de tremer os ossos. Chloe se concentrou em apenas raspar onde quer que as garras alcançassem e manter as pernas em movimento, esperando causar algum dano na área da virilha. Ele tentou prendê-la com as pernas; eram muito fortes, os músculos quase como pedras. Pouco antes de a força de Chloe se esgotar, ela saltou para longe de novo. Assim que pousou, se virou para encará-lo, pronta para o próximo ataque dele.

Chloe ouviu um zunido mortal passar por suas orelhas e, a seguir, o barulho de metal contra metal. Uma estrela ninja passara por cima da cabeça dela e quicou na viga de sustentação logo acima do Sestro, que já se levantava. Chloe se virou.

De pé, do outro lado do Sestro, a cerca de 6 metros de distância, estava Brian. Tinha um olhar de dor no rosto e outra estrela ninja na mão.

Brian...? Chloe demorou para processar o que via, mas não tinha como confundir a arma que ele segurava.

Dor, desespero e raiva a consumiram. Chloe sabia que deveria se concentrar no fato de que agora tinha *dois* agressores, mas de repente se sentiu exausta pela traição inesperada. Tanta coisa fazia sentido agora... Lembrou-se do bilhete: *Cuidado com as companhias.*

Ele começou a andar na direção dela.

— Fique *longe* de mim, sua... *aberração*! — gritou Chloe. — Você *estava* me perseguindo. Não acredito em como pareceu real... Tudo que fizemos não significou... nada!

— Chloe, não! Eu...

Houve um som de algo sendo arranhado atrás de Chloe. Ela entrou em pânico e se virou; o assassino já estava de pé e avançava na direção dela. Ele viu Brian e sorriu.

Chloe estava presa entre os dois.

Ela olhou em volta de modo selvagem; a única saída seria pular da ponte. Então se moveu na direção do parapeito.

— Não! — gritou Brian. — Chloe!

Mas alguém pulou sobre Brian, com os braços estendidos e as garras à mostra. Chloe viu de relance olhos azuis como gelo, furiosos, e um borrão de cabelos cor de mel antes de os dois saírem rolando em uma luta raivosa no chão.

Alyec. Alyec era a outra pessoa felina. Chloe tinha interpretado erroneamente todas as pistas sobre os dois. De alguma forma deveria ter percebido...

— Peguei ele — gritou Alyec. — Pegue aquele filho da puta...!

Chloe sentiu uma nova força dentro de si. *Aquele* era o parceiro dela; estava cobrindo sua retaguarda. Agora era por conta dela. Chloe se virou para encarar o Sestro.

A camisa de gola rulê estava rasgada na lateral direita do corpo; fiapos pretos e sangue desciam pela pele dele. Havia uma tatuagem esquisita no braço do homem, mas Chloe não conseguia entender o que era. Um filete de sangue pingava do canto da boca dele, provavelmente por ter batido com a cabeça no chão. Ele limpou e cuspiu mais sangue.

Chloe esperou que o agressor dissesse algo profundo, como nos filmes, mas em vez disso, começou a lançar dúzias de estrelas ninja que surgiam das pontas dos dedos como rosas nas mãos de um mágico.

Ela dançou, pulou e deu saltos mortais com as mãos, conseguindo evitar a maioria das estrelas.

— Outro da minha Ordem veio assistir e ajudar com a causa! — Ele as jogava com cada vez mais força.

Chloe se virou e caiu quando uma estrela se enterrou na lateral do corpo dela.

— Você achou que ele fosse o seu... namorado? Ele estava caçando você, assim como eu. — O homem gargalhou.

Conforme Chloe lutava para se levantar, o agressor enfiava a mão na lateral da calça e pegava algo que era menor do que um facão, porém mais largo do que as lâminas anteriores. A dor que Chloe sentia era como fogo; toda vez que se movia, sentia como se o corpo estivesse sendo rasgado.

Ele começou a avançar.

O vento soprava no cabelo de Chloe. Ela o observava se aproximar devagarinho, a dor mascarando os sons e os pensamentos. Mal conseguia ouvir Brian e Alyec gritando obscenidades um para o outro e o estampido ocasional de quando um deles acertava um golpe.

Havia mesmo uma boa chance de ela morrer caso ninguém a ajudasse.

Então algo dentro de Chloe se acendeu.

Como ousa?

— Como você *ousa*! — gritou ela. Chloe arrancou a estrela ninja de dentro de si e a jogou no chão, se encolhendo de dor. — O que *diabos* eu fiz contra *você*? Ou contra *qualquer um*? Eu não pedi *nada* disso!

Então correu até o Sestro, o ódio cego eclipsando a dor.

O homem girou a lâmina para baixo, mas Chloe desviou para o lado e arranhou o braço dele, rasgando-o com as garras. O agressor gritou, sendo obrigado a mudar a lâmina para a mão esquerda. No entanto, Chloe ainda não tinha terminado o movimento. Ela se virou e chutou o homem na nuca com a ponta dos pés, esmagando a gola do Kevlar contra a carne.

— Vai se foder — gritou ela. — Sai da minha *vida*!

A raiva quente e cega estava esfriando, sendo substituída por algo bem mais frio e lógico. Ela via claramente cada soco, chute e golpe antes que acontecesse, e respondia com um contra-ataque imediato. Chloe não deu oportunidade para o homem sacar mais uma lâmina sequer.

Ele recuou devagar até ficar contra o parapeito.

— Quantos... mais... você... matou? — A cada palavra Chloe acertava um chute no estômago dele.

No último minuto ele conseguiu dar impulso de modo a passar para o outro lado do parapeito, mantendo o concreto entre si e Chloe.

— Seu psicopata de merda — disparou Chloe com ódio.

Surrado e coberto de sangue, o homem ainda conseguiu dar um sorriso.

— Eu sirvo ao Senhor. A vontade Dele será feita.

— Ah, é, bem, diga isso para...

Então ele escorregou.

Chloe ficou desnorteada por um momento; não estava esperando aquilo.

— Chloe! Não o mate! — gritou Brian. Ele tentou correr para impedi-la, mas Alyec o segurou no chão novamente.

Chloe se inclinou e viu o assassino balançar ao vento, lutando para se segurar.

Acabe com ele! Cada parte do corpo dela queria pisar nos dedos dele, agarrar o rosto do homem, assistir e sorrir enquanto ele aos poucos perdia a força e caía.

Ele tentou matar você! Ele caçou você, como se fosse uma presa!

Mesmo o lado humano de Chloe concordava: aquele era um psicopata que ficaria muito melhor *fora* da convivência social.

Então ela lhe estendeu a mão.

Não consigo. Lutar é uma coisa... Mas não posso matar alguém a sangue frio.

— Você. Na ponte. Saia de perto do parapeito.

O som eletronicamente intensificado do megafone fez todos se virarem. Um helicóptero surgiu de debaixo da ponte, mirando o holofote nela.

Chloe também levantou o rosto...

E o Sestro caiu.

Vinte e um

— **Não!** — **gritou** ela, tentando agarrar o homem. Mas só havia ar.

— Eles estão vindo — disse Brian para ninguém em particular.

Chloe ainda estava inclinada sobre o parapeito, olhando para a água, em choque e incrédula. Duvidava que ele retornaria da mesma forma como ela feito havia depois da queda. Era como se um livro tivesse sido fechado de repente e Chloe jamais pudesse abri-lo para ler de novo; não descobriria por que o agressor estava cheio de ódio. Em vez de alívio, ela sentiu que algo ficara sem conclusão, além de uma leve sensação de perda.

— Precisamos sair daqui — falou Alyec já agarrando o braço de Chloe e puxando-a para longe.

Os dois correram.

Embora estivesse exausta da luta e sentisse que parte da força sangrava pela ferida na lateral do corpo, Chloe ainda conseguiu apreciar a corrida. Quando saltou para o parapeito no final para pular da ponte, onde as cordas de aço percorriam a superfície de metal, Alyec estava logo atrás dela.

Chloe escolheu subir para Marin Headlands, a área de colinas; saltava por entre carros em movimento e por sobre cercas como se estivesse voando. Alyec estava ao lado dela. Ele a acompanhou colina acima, pulando pedras com uma graça felina extremamente familiar.

Quando Chloe olhou para ele, Alyec sorriu.

A outra pessoa felina.

Um amigo.

Eles chegaram ao topo da colina e desceram rumo ao outro lado. O céu a oeste ainda estava rosa e alaranjado como num desenho animado; casais e famílias eram pontinhos que observavam o céu, parados sobre o monte, enrolados em cobertores e bebendo de garrafas térmicas.

Tinham despistado a Guarda Nacional a pé havia muito tempo, mas o helicóptero fazia uma varredura da ponte e da água, procurando por problemas. A coisa toda tinha a cara de Paul e Amy... ainda tentavam salvá-la mesmo depois de Chloe tê-los feito ir embora.

Chloe saltou. Não importava. O helicóptero não conseguiria rastrear Alyec e ela. Eram rápidos demais. Ela sentia vontade de gritar de alegria.

Alyec gritou, mas de dor, e caiu sobre um dos joelhos, rolando na terra.

Chloe parou imediatamente e correu para vê-lo. Ele segurava a perna; havia uma estrela ninja enterrada nela.

— Merda — resmungou ao puxar a estrela e se encolher.

— O quê...? — Chloe se virou para procurar pelo agressor.

Brian estava a 6 metros deles com outra estrela na mão.

Começou a correr na direção dos dois.

— Aquele *desgraçado*! — rugiu Alyec, levantando-se com dificuldade.

Chloe se colocou na frente dele, entre Alyec e Brian.

— Quem é ele? Por que quer me matar?

— É um dos membros da Ordem da Décima Lâmina — disparou Alyec. — Eu devia ter adivinhado na primeira vez em que o vi.

— Espere... Chloe... — Brian os alcançou. Chloe ficou tensa, pronta para saltar.

— Veio acabar comigo? — perguntou ela.

— Eu não estava tentando *matar* você! — protestou Brian. — Estava tentando acertar *Alexander*!

— Aham — replicou Chloe com desdém. Mas... ela queria mesmo acreditar nele. Queria acreditar que uma pessoa que tinha se aproximado dela tão rapidamente não poderia ser capaz de caçá-la e matá-la. — E quanto ao Alyec? É um dos de minha "raça" que você e seu... *amigo* querem destruir?

— Eu não tive a intenção de machucar você, mas precisava detê-los.

— Não teve a intenção? — questionou Alyec, apontando para o sangue que escorria da perna.

— Precisava fazer vocês pararem — insistiu Brian. Os olhos castanhos estavam arregalados, implorando para que Chloe acreditasse nele. — Se continuarem seguindo até a água... há outros, pelo menos mais uma dúzia de... nós, esperando por vocês, caso consigam escapar. Alguns com armas mais... convencionais.

— Que merda é essa de Décima Lâmina? — quis saber Chloe. — E o que você tem a ver com eles?

— O único objetivo deles é matar pessoas como nós — respondeu Alyec.

— Nem todos vocês... Isso não é verdade...

— Diga isso ao Sestro.

— Só os *perigosos*!

— E Chloe é o quê? Perigosa? — urrou Alyec, saltando sobre Brian e empurrando Chloe. As garras dele estavam completamente estendidas; eram mais curtas e mais largas do que as de Chloe. E Alyec mirava no pescoço de Brian.

— PARE — falou Chloe, empurrando-o do caminho e colocando uma das mãos com firmeza sobre o ombro dele para contê-lo. Mas Alyec estava com raiva, irado, fora de controle.

Sem pensar, Chloe ergueu a mão e deu um tapa na lateral da cabeça de Alyec para desfocá-lo.

Como uma gata bate nos filhotes, percebeu ela depois.

Alyec sacudiu a cabeça, tonto, mas tropeçou para trás.

— Foi por isso que começou a andar comigo? — exigiu Chloe. — Para me sondar e permitir que me matassem? — Ela encarou Brian. Tanta coisa fazia sentido agora... e era mil vezes pior do que ela havia pensado.

— Não! Quero dizer, eu deveria seguir você, aprender sobre você, falar com você. Virar seu... amigo. — Os dois se encararam por um momento; era óbvio que Brian queria dizer algo totalmente diferente. Ele abaixou a cabeça. — Então descobri que o Sestro a procurava, e quis ficar próximo e proteger você... quando não consegui convencê-los a chamá-lo de volta.

— Não acredite nele! Símio idiota — disse Alyec.

— Estou aqui conversando com vocês, não estou? — gritou Brian pra ele. — Por que eu mentiria *agora*?

— Não acredito. — Chloe se afastou de Brian. — Não acredito que você faz parte de um grupo que me quer *morta*.

— É mais complicado do que isso, Chloe — respondeu Brian em um tom cansado. — Até Alyec pode explicar.

— Por que me alertou para ficar longe dele? — exigiu Chloe. — Porque não queria que eu soubesse a verdade?

— Não é isso. Alyec é conhecido como... problemático. Não queria que você chamasse atenção para si, andasse com o grupo errado.

— Parece que estou andando com o grupo *certo* — respondeu Chloe, enojada. — Finalmente. — Ela se abaixou e colocou o braço de Alyec em volta do seu próprio ombro para ajudá-lo a andar. — Uns dois anos trabalhando no "mundo real" para se *formar em zoologia*?

Brian corou de vergonha.

— Chloe, eu realmente gostava... eu gosto mesmo de você.

— Tanto faz — respondeu Chloe, levando Alyec embora.

Epílogo

Alyec estava deitado no sofá dela, a perna machucada erguida. Não era um corte muito grande, mas a estrela havia rasgado um tendão, tornando impossível para ele andar. O ferimento de Chloe na lateral do corpo havia parado de sangrar, mas ainda doía.

Tonta, exausta da luta e sem saber mais o que fazer, Chloe pegou alguns minitacos no freezer e os colocou no micro-ondas. Tinha aproximadamente uma hora até a mãe voltar para casa, e deveria explicações sérias caso Alyec não fosse embora.

— Que droga — xingou Alyec, olhando para o corte.

Inclinada contra o fogão, Chloe colocou as mãos sobre o rosto e começou a chorar.

— Ei, não chore — disse Alyec, se levantando e mancando até ela. Colocou um dos braços em volta de Chloe. — É muito confuso, eu sei... Mas não se preocupe! Tudo será explicado. Há tanto que você precisa saber sobre quem é e de onde veio. Ficará segura, prometo. Tem umas pessoas que você deveria conhecer; acho que vai gostar delas...

Chloe sorriu de leve para Alyec. De alguma forma, sabia que ele não estava se referindo a nenhum dos amigos da escola. E estava tudo bem por ela.

Este livro foi composto na tipologia Minion Pro,
em corpo 11,5/15,3 e impresso em papel offwhite 80g/m²
no Sistema Cameron da Divisão Gráfica
da Distribuidora Record.